별을 헤아리며

옮긴이 서남희

빵 굽기와 걷기, 여행과 그림책을 좋아한다.
〈아이와 함께 만드는 꼬마영어그림책〉〈그림책과 작가 이야기〉 시리즈를
썼고,《산타는 어떻게 굴뚝을 내려갈까?》《부끄럼쟁이 월터의 목소리 찾기》
《느릿, 느릿, 느릿 나무늘보》들을 옮겼다.

별을 헤아리며

로이스 로리 · 서남희 옮김

양철북

차례

너, 왜 뛰어다니지?

"엘렌, 우리 저 모퉁이까지 뛰어가지 않을래?"

안네마리는 어깨에 멘 가방 속의 교과서가 흐트러지지 않도록 굵은 가죽끈을 단단히 조였다. 그러고는 단짝 친구인 엘렌에게 외쳤다.

"자, 준비!"

엘렌은 얼굴을 살짝 찡그렸다가 곧 뱅긋 웃었다.

"알면서 그래. 난 다리가 짧으니 내가 질 게 뻔한데 뭐. 그러지 말고 우리 문화인답게 걸어가자, 응?"

호리호리한 안네마리와 작달막한 엘렌은 열 살짜리 여자아이들이었다.

"금요일에 달리기 시합을 하잖아. 그러니까 연습을 해야지. 이번 주 여자 달리기 시합에서는 꼭 이겨야지. 지난주에는 2등밖에 못 했잖아. 그래서 요새는 날마다 연습하는걸!

자, 어서 뛰어가자, 응?”

안네마리는 서 있는 곳에서 다음 모퉁이까지의 거리가 얼마나 되는지 눈으로 슬쩍 가늠해 보며 말했다.

엘렌은 잠시 머뭇거리다가 고개를 끄덕이고는 책가방을 고쳐 맸다.

“자, 됐어. 준비! 땅!”

안네마리가 소리쳤다.

두 여자아이는 주택가 보도를 따라서 달리기 시작했다. 안네마리의 은빛 감도는 금발이 바람에 나부꼈고, 엘렌의 검은 갈래머리도 목덜미에서 찰랑거렸다.

“나도, 나도! 기다려!”

뒤처진 키르스티가 징징거렸지만 안네마리와 엘렌은 들은 척도 하지 않았다.

이곳, 코펜하겐 북동쪽의 외스테르브로가데 도로를 따라 늘어선 작은 가게들과 카페를 휙휙 지나치는 동안에 신발 끈이 풀렸지만, 안네마리는 금방 친구를 앞질렀다. 그리고 줄을 엮어 만든 장바구니를 들고 가는 검은색 옷차림의 할머니 옆을 웃으면서 스쳐 달려갔다. 유모차를 밀고 가던 젊은 여자가 길을 비켜 주었다. 이제 곧 모퉁이다.

모퉁이에 다다라 숨을 헐떡거리며 위를 올려다보는 순간, 안네마리는 웃음을 딱 그쳤다. 가슴이 쿵쾅거렸다.

“멈춰!”

모퉁이에 서 있던 군인이 엄한 목소리로 명령했다.

독일어는 공포 그 자체였다. 전에도 자주 듣기는 했지만, 이렇게 코앞에서 듣기는 처음이었다.

엘렌도 안네마리 뒤에 천천히 멈춰 섰다. 안네마리와 엘렌이 자기를 기다려 주지 않아서 토라져 버린 키르스티는 저만큼 뒤에 처져서 타박타박 걸어오고 있었다.

안네마리는 군인들을 쳐다보았다. 두 명이었다. 그것은 철모 두 개, 매섭게 노려보는 눈이 네 개, 집으로 가는 길을 막고서 보도에 떡 버티고 선 번쩍이는 군화가 네 개라는 것을 뜻했다. 그리고 군인들이 손에 쥐고 있는 총이 두 자루. 안네마리는 먼저 총을 쳐다보고 나서 자신에게 멈추라고 명령한 군인의 얼굴로 시선을 옮겼다.

"너, 왜 뛰어다니지?"

차가운 목소리가 들렸다. 억양이 어색한 덴마크 말이었다. '3년이나 되었으면서. 우리 나라를 점령한 지 3년이나 되었는데도 우리 말을 저렇게 못하다니.' 안네마리는 속으로 그를 한심하게 생각했다. 하지만 겉으로는 공손하게 대답했다.

"제 친구와 달리기를 하고 있었어요. 우리 학교에서는 금요일마다 달리기 시합을 하는데요, 이번에는 꼭 1등을 하고 싶어서…."

목소리가 떨리면서 말이 끊겼다.

'말을 너무 많이 하면 안 돼, 그냥 묻는 말에만 대답하자.'

뒤를 돌아다보니 엘렌은 몇 미터 떨어져서 길에 붙박인 듯서 있었고, 더 뒤에서는 키르스티가 여전히 뽀로통한 표정으로 이쪽 모퉁이를 향해 천천히 걸어오고 있었다. 근처에 있는 가게에서 주인인 듯한 여자가 문에 서서 말없이 이쪽을 지켜보고 있었다.

둘 중에서 키가 큰 군인이 안네마리에게 다가왔다. 키가 큰 데다가 기다란 목이 빳빳한 옷깃에서 주욱 뻗어 나온 것 같아서, 엘렌이 안네마리의 귀에 대고 "기린이다, 기린" 하면서 속삭이곤 했던 바로 그 사람이었다. 모퉁이에는 그 군인과 다른 군인이 항상 짝을 이루고 서 있었다.

그는 총개머리로 안네마리의 가방을 쿡쿡 쑤셔 댔다. 안네마리는 몸이 와들와들 떨렸다.

"여기 뭐가 들었지?"

그가 날카로운 목소리로 물었다. 안네마리는 가게 주인이 문턱 안쪽으로 황급히 사라지는 모습을 곁눈질로 흘끔거렸다.

"교과서요."

안네마리가 진지하게 대답했다.

"넌 착한 학생이긴 한 거야?"

그가 비웃는 투로 물었다.

"네."

"이름이 뭐야?"

"안네마리 요한센이요."

"네 친구도 착한 학생이겠지?"

그는 안네마리의 어깨 너머로 굳은 듯이 서 있는 엘렌을 보았다. 안네마리가 뒤를 돌아보니, 엘렌이 여느 때는 장밋빛인 얼굴이 하얗게 질린 채 놀란 듯 검은 눈을 둥그렇게 뜨고 있었다.

안네마리는 얼른 고개를 끄덕였다.

"저보다 훨씬 착해요."

"이름이 뭔데?"

"엘렌이요."

군인은 안네마리 옆을 보며 물었다.

"그럼 앤 누구냐?"

그새 키르스티가 다가와서 얼굴을 찌푸리며 모두를 바라보고 있었다.

"제 동생이요."

안네마리는 대답을 하면서 키르스티의 손을 잡으려 했지만, 늘 고집불통인 키르스티는 안네마리의 손을 뿌리치고 옆구리에 손을 올리며 도전하는 듯한 자세를 취했다.

군인은 키르스티에게 다가가 짧은 데다 엉키기까지 한 곱슬머리를 어루만졌다. '키르스티, 제발 가만히 있어' 안네마리는 고집쟁이인 다섯 살짜리 동생이 자신의 속말을 들어주기를 간절히 바랐다.

하지만 키르스티는 군인의 손을 휙 뿌리치며 소리쳤다.

"만지지 말아요!"

군인들이 웃음을 터뜨리면서 안네마리가 알아듣지 못하는 빠른 독일어로 자기네끼리 이야기했다.

"앤 우리 딸만큼 예쁜데?"

키 큰 군인이 한층 밝은 목소리로 말했다.

안네마리는 애써 미소를 지어 보였다.

"자, 다들 집에 가거라. 가서 공부하고, 뛰어다니지 마라. 그렇게 뛰어다니니까 꼭 깡패들 같구나."

군인들이 돌아가자 안네마리는 키르스티가 뿌리치기 전에 얼른 키르스티의 손을 낚아채고는 황급히 모퉁이를 돌았다. 엘렌이 옆에서 따라왔다. 안네마리와 엘렌은 서로 한마디도 하지 않은 채 키르스티를 사이에 두고 가족들이 살고 있는 아파트 건물 쪽으로 허겁지겁 걸어갔다.

집에 거의 다 오자 엘렌이 속삭였다.

"나, 정말 무서웠어."

"나도."

아파트 안으로 들어서면서 둘은 다른 쪽에는 아예 눈길도 주지 않고 오로지 문 쪽만을 똑바로 쳐다보았다. 일부러 그런 거였다. 저쪽 모퉁이에서와 마찬가지로 총을 들고 서 있는 다른 군인들 두 명의 시선을 끌고 싶지 않아서였다. 키르스티는 엄마에게 보여 주려고 유치원에서 그린 그림을 가져왔다고 재재거리며 얼른 안네마리와 엘렌을 앞질러 안으로 들어갔다. 키르스티가 보기에 군인들은 그저 풍경의 일부에 지나지 않았다. 지금까지 보아 온 대로 언제나 그 자리에 있는, 모퉁이마다 서 있는 사람들이라서 가로등 기둥이나 마찬가지로 별로 중요하지 않았던 것이다.

"너, 엄마한테 말할 거니? 난 말 안 할 건데. 엄마가 걱정하실 거야."

계단을 올라가면서 엘렌이 안네마리에게 물었다.

"나도 안 할 거야. 길거리에서 뛰어다녔다고 야단치실 거야."

2층에 사는 엘렌과 작별 인사를 하고, 안네마리는 엄마에게 할 즐거운 이야기를 속으로 연습해 보며 3층으로 올라갔다. 활짝 웃으면서 오늘 받아쓰기 시험을 잘 봤다고 이야기하면 될 것이다.

하지만 때는 이미 늦었다. 먼저 올라간 키르스티가 방금 있었던 일을 재잘재잘 말하고 있었다.

"그래서 그 군인이 언니 책가방을 총으로 찔러 보았어. 그러고 나서 내 머리를 잡았어."

키르스티는 아파트 거실 한가운데에서 스웨터를 벗으면서 쉴 새 없이 조잘거렸다.

"하지만 난 안 무서웠어. 언니랑 엘렌 언니는 벌벌 떨었지만, 난 하나도 안 무서웠는걸!"

키르스티의 엄마인 요한센 부인은 창가 의자에 앉아 있다가 벌떡 일어났다. 엘렌의 엄마인 로센 부인도 창가 의자에 앉아 있었다. 오후면 늘 그랬듯이, 엄마들은 커피를 즐기고 있던 참이었다. 엄마들은 '커피 타임'이라고 말했지만, 진짜 커피를 마시는 것은 아니다. 나치가 덴마크를 점령한 뒤, 코펜하겐에서 진짜 커피를 찾아보기는 사실 힘들었다. 홍차조차 구경을 못 하니, 그저 허브로 향을 낸 뜨거운 물을 홀짝거릴 수밖에 없었던 것이다.

"안네마리야, 무슨 일이 있었던 거니? 도대체 키르스티가 뭐라고 말하는 거지?"

안네마리의 엄마가 걱정스러운 얼굴로 물었다.

"엘렌은 어디에 있니?"

로센 부인도 겁에 질린 표정이었다.

"엘렌은 집에 갔어요. 아줌마가 여기 계신 걸 몰랐거든요. 그리고 걱정 마세요. 아무 일도 아니었어요. 그 왜, 외스테르 브로가데의 모퉁이에 늘 서 있는 군인 두 명 있잖아요. 아시죠? 좀 우습게 생기고 기린같이 키가 크고 목이 기다란 사람 말이에요."

안네마리는 대수롭지 않은 일이라는 듯이 요한센 부인과 로센 부인에게 그 일을 설명하려고 애썼다. 하지만 두 사람의 불안한 표정은 풀리지 않았다.

"내가 그 아저씨 손을 때리고 소리도 질렀어."

키르스티가 아주 큰일을 했다는 듯이 말했다.

"아니에요, 엄마. 얜, 순 뻥쟁이야. 늘 그러잖아요."

안네마리는 엄마를 안심시키려 다시금 말을 덧붙였다.

요한센 부인은 창가로 가서 거리를 내려다보았다. 코펜하겐 시내는 여느 때와 마찬가지로 조용했다. 가게를 오가는 사람들, 뛰어다니며 노는 아이들 그리고 여전히 모퉁이에 서 있는 군인들이 보였다.

요한센 부인이 로센 부인에게 낮은 목소리로 말했다.

"최근에 일어난 레지스탕스 사건들 때문에 독일 사람들의 신경이 날카로워졌나 봐요. 힐레뢰드와 뇌레브로에서 폭탄 터진 사건, 〈자유 덴마크인〉에서 읽으셨죠?"

안네마리는 가방에서 교과서를 꺼내는 척하면서 귀를 쫑긋 세웠다. 안네마리는 엄마가 무슨 말을 하고 있는지 알고 있었다. 〈자유 덴마크인〉은 페테르 네일센이 아주 조심스럽게 접어 일반 책이나 신문 사이에 잘 숨겨서 가져다주곤 하는 지하신문이었다. 엄마와 아빠는 그 신문을 다 읽은 뒤 꼭 불에 태웠다. 하지만 안네마리는 가끔 밤중에 엄마와 아빠가 신문에서 읽었던 소식, 그러니까 나치에 저항해 태업을 했다든가, 군수 공장에 몰래 폭탄을 숨겨 놓았다가 폭발시켰다든가, 물자를 수송하지 못하도록 산업 철도를 파괴했다는 이야기를 하는 것을 들었다.

안네마리는 레지스탕스가 뭔지도 알고 있었다. 그 말을 귓결에 듣고 무슨 뜻인지 물어보자 아빠가 설명해 주었던 것이다. 레지스탕스 전사들은 어떻게 해서든 나치에게 방해가 되는 행동을 하기로 결심한 덴마크 사람들이며, 아주 은밀하게 움직이기 때문에 그 전사들이 누구인지 아무도 모른다. 그들은 독일군의 트럭과 차를 망가뜨리고 공장에 폭탄을 터뜨린다. 정말 용감한 사람들이다. 하지만 때때로 잡혀서 처형을 당하기도 한다.

"엘렌한테 가서 자세히 물어봐야겠어. 너희들 내일부터 학교 갈 때 다른 길로 돌아서 가거라. 안네마리야, 약속할 수 있지? 엘렌도 그렇게 할 거다."

로센 부인이 문 쪽으로 걸어가며 말했다.

"그럴게요. 하지만 다를 건 없잖아요. 독일군들이 모퉁이마다 지키고 있는데."

"오늘 그 사람들은 너희들 얼굴을 기억할 거야. 항상 군중속에 숨어 있는 게 중요하단다. 많은 사람 중의 한 명으로 말이야. 괜한 짓을 해서 그 군인들이 너희들 얼굴을 기억하게하면 안 돼."

로센 부인은 이 말을 남기고서 문을 닫고 복도로 사라졌다.

"엄마, 그 사람은 내 얼굴을 기억할 거야. 왜냐하면 내가 자기 딸이랑 닮았다고 했거든. 내가 예쁘게 생겼대."

키르스티가 흐뭇한 얼굴로 조잘댔다.

"자기 딸이 그렇게 예쁘면 왜 걔한테 가서 좋은 아빠 노릇을 안 한다니? 왜 자기네 나라로 돌아가지 않는 거지?"

요한센 부인이 키르스티의 뺨을 살짝 꼬집으며 중얼거렸다.

"엄마, 먹을 거 좀 없어요?"

군인들 때문에 날카로워진 엄마의 신경을 딴 데로 돌리려고 안네마리가 물었다.

"저기 빵이 있다. 키르스티한테도 좀 가져다주렴."

"버터도 있어?"

키르스티가 기대에 부풀어 물었다.

"앤, 버터가 어디 있어…."

안네마리의 엄마가 대답했다.

안네마리가 부엌에 있는 빵 상자 쪽으로 가자 키르스티는 한숨을 내쉬었다.

"난 컵케이크 먹었으면 좋겠어. 분홍색 크림을 얹은, 아주 큰 노란색 컵케이크 말이야."

안네마리의 엄마는 웃음을 터뜨렸다.

"넌 조그만 게 기억력도 좋다. 컵케이크에 넣을 버터와 설탕이 떨어진 지 1년도 넘었는데."

"언제 다시 컵케이크를 먹을 수 있어?"

"전쟁이 끝나면…."

요한센 부인은 창 너머로 거리 모퉁이에 서 있는 군인들을 흘깃 내려다보았다. 철모를 쓴 군인들의 얼굴은 냉랭해 보였다.

"군인들이 저기서 떠나면…."

말 타고 지나가는
저 사람은 누구지?

"언니, 옛날이야기 하나 해 줘, 응?"

같이 쓰는 침대 안에서 안네마리의 품속을 파고들면서 키르스티가 졸랐다.

안네마리는 빙긋 웃으며 어둠 속에서 동생을 꼭 껴안았다. 덴마크 아이들은 누구나 옛날이야기를 들으며 자란다. 이름 난 이야기꾼인 한스 크리스티안 안데르센도 바로 덴마크 사람이다.

"인어공주 이야기해 줄까?"

안네마리는 그 이야기를 좋아했다. 키르스티는 고개를 저었다.

"왕이랑 왕비랑 나오는 거. 아주 예쁜 공주도 있고."

"알았어. 옛날, 옛날에 어떤 왕이 살았어요."

"왕비도. 왕비가 꼭 있어야 해."

키르스티가 속살거렸다.

"음… 왕비도 있었어요. 그들은 아주 멋진 궁전에서 살고 있었지요. 그리고…."

"그 궁전 이름이 아말린보르야?"

키르스티의 목소리에서 졸음이 배어났다.

"쉿! 중간에 끼어들면 얘기를 끝낼 수가 없잖아. 거긴 아말린보르가 아니고 그냥 꾸며 낸 곳이야."

안네마리는 왕과 왕비와 그들의 어여쁜 딸 키르스텐 공주 이야기를 지어냈다. 키르스티가 꿈나라로 갈 때까지 공식 무도회, 금으로 장식한 드레스, 분홍색 크림을 얹은 컵케이크 같은 것을 양념으로 곁들여 가며.

잠시 뒤, 안네마리는 이야기를 그쳤다. "그다음에는 어떻게 되었는데?" 하고 재촉할 거라고 생각했던 동생이 벌써 깊이 잠들어 버린 것이다. 안네마리는 현실 속의 진짜 왕인 크리스티안 10세와 그 왕이 살고 있는, 코펜하겐 한가운데에 자리 잡은 진짜 궁전 아말린보르를 생각했다.

덴마크 사람들이 크리스티안 왕을 얼마나 사랑했는가! 그는 발코니에 서서 백성들에게 명령을 내리거나, 황금으로 만든 옥좌에 앉아 자기를 즐겁게 하라든지 공주들에게 어울리는 신랑감을 찾아오라고 명령을 내리는, 옛날이야기에 나오는 그런 왕들과는 달랐다. 크리스티안 왕은 사려 깊고 친절해 보이는 살아 있는 사람이었다. 안네마리는 어렸을 때 그를 자주 보았다. 아침마다 그는 애마 유빌리(jubilee: 축제, 환희)를 타고 국민들에게 인사하면서 코펜하겐 거리를 돌곤 했다.

안네마리가 어린아이였을 때 안네마리의 언니인 리세는 크리스티안 왕을 보려고 안네마리를 데리고 가끔 길거리로 나섰다. 왕은 이따금 그들에게 손을 마주 흔들어 주며 미소를 지었다. 리세는 언젠가 안네마리에게 말했다.

"자, 왕과 인사를 했으니 이제 넌 아주 특별한 아이가 된 거야. 영원히."

안네마리는 베개를 똑바로 베고 누워 살짝 열린 창의 커튼 사이로 어슴푸레한 9월의 밤하늘을 바라보았다. 진지하면서도 다정했던 리세 언니만 생각하면 안네마리는 언제나 슬퍼졌다.

그래서 안네마리는 다시금 왕을 생각하기로 했다.

'언니는 이 세상에 없지만 왕은 아직 살아 있으니까.'

안네마리는 전쟁이 시작되고 덴마크가 항복하자 독일군들이 요소요소를 접수하려고 밤새 진군해 온 지 얼마 안 되었을 무렵에 아빠가 해 준 이야기를 떠올렸다.

어느 날 저녁 아빠가 사무실 근처로 볼일을 보러 갔다가 길을 건너려고 모퉁이에 잠깐 서 있는데, 그때 마침 크리스티안 왕이 말을 타고 나왔다. 독일 군인 하나가 몸을 돌려 근처에 서 있던 소년에게 물었다.

"저 사람이 누구냐? 날마다 말을 타고 지나가던데."

아빠는 독일 군인이 아무것도 모른다는 사실에 은근히 즐거워져서 미소를 지은 채, 소년이 뭐라고 대답하는지 가만히 귀를 기울였다.

"저희 임금님이시죠. 덴마크의 왕이세요."

"경호원은 어디에 있지?"

아빠는, 그 애가 뭐라고 대답했는지 아느냐고 안네마리에게 물었다. 그때 겨우 일곱 살이었던 안네마리는 아빠 무릎에 앉아 있었다. 안네마리는 고개를 가로저으며 소년이 뭐라고 대답했는지 궁금해하며 아빠가 말해 주길 기다렸다.

"그 아이는 군인을 똑바로 쳐다보면서 '덴마크 사람 모두가 왕의 경호원이에요'라고 했단다."

안네마리는 몸이 떨렸다. 아주 용감한 대답인 것 같았다.

"그게 정말이에요? 그 애가 정말 그렇게 말했어요?"

안네마리가 재차 물었다.

아빠는 잠깐 생각에 잠겼다. 아빠는 늘 질문에 대해 깊이 생각해 보고 대답하는 편이었다. 마침내 아빠가 말했다.

"그럼, 정말이지. 덴마크 사람이라면 누구나 왕을 보호하기 위해 죽을 각오가 되어 있을 거다."

"아빠도요?"

"그렇고말고."

"엄마는요?"

"엄마도 그렇지."

안네마리는 다시금 몸이 떨렸다.

"그럼 나도 그럴래요, 아빠. 만약 그래야 한다면요."

둘은 잠시 말없이 앉아 있었다. 맞은편 방에서 엄마가 안네마리와 아빠를 지켜보면서 미소를 지었다. 3년 전 그날 저녁, 엄마는 리세의 혼숫감으로 베갯잇 가장자리의 레이스를 뜨고 있었다. 가늘고 흰 실은 엄마의 손끝을 거치면서 화려한 무늬의 폭이 좁은 레이스로 바뀌어 갔다.

리세는 그때 열여덟 살이었고, 곧 페테르 네일센과 결혼할 참이었다. 리세와 페테르가 결혼하면 안네마리와 키르스티에게 처음으로 형부가 생기는 거라고 엄마가 안네마리에게 말해 주었다.

침묵을 깨고 안네마리가 물었다.

"아빠, 전 가끔 궁금해요. 왜 왕은 우리를 보호할 수 없었어요? 왜 그들과 싸우지 않았죠? 나치가 총을 들고 덴마크로 들어오지 못하게 막아야 하는 거 아니었나요?"

아빠는 한숨을 내쉬었다.

"우린 너무나 작은 나라고, 독일은 너무나도 강대한 나라란다. 왕이 현명했던 거지. 왕은 덴마크 군인들이 별로 많지 않다는 걸 알고 있었어. 만약 우리가 싸운다면 많은 덴마크 사람이 죽게 되리라는 것도 알고 있었고."

"노르웨이 사람들은 싸웠잖아요."

안네마리가 꼬집어 냈다. 아빠는 고개를 끄덕였다.

"그래, 노르웨이 사람들은 아주 격렬하게 싸웠지. 노르웨이에는 군인들이 숨을 만한 산들이 많단다. 그래도 박살이 나고 말았어."

안네마리는 학교의 지도에서 본 노르웨이를 머릿속으로

그려 보았다. 덴마크 바로 위쪽에 분홍색으로 길게 표시된 노르웨이가 단 한 방에 산산조각이 나고 말다니.

"지금 노르웨이에도 여기처럼 독일 군인들이 있나요?"

"그렇단다."

아빠가 말했다.

"네덜란드와 벨기에, 프랑스에도 마찬가지야."

맞은편 방에서 엄마가 거들었다.

"하지만 스웨덴은 아니잖아요!"

안네마리는 자기가 세상을 그렇게 많이 알고 있다는 데 우쭐해하며 큰 소리로 말했다. 지도에 파란색으로 표시된 스웨덴에 직접 가 보지는 못했지만 안네마리는 스웨덴을 먼발치에서 본 적이 있다. 코펜하겐 북쪽에 있는 헨리크 삼촌네 집 뒤편에 서서, 북해에서 이어진 카테가트해협 건너편 땅을 바라보았던 것이다. 그때 헨리크 삼촌은 "저기가 바로 스웨덴이란다. 넌 지금 다른 나라를 건너다보고 있어."라고 말했다.

"그래, 맞아. 스웨덴은 지금도 자유 국가란다."

아빠가 말했다.

3년이 지났는데도 그건 아직도 그렇다. 하지만 많은 것이 변했다. 크리스티안 왕은 이제 나이가 들었고, 작년에는 그를 태우고 아침마다 코펜하겐 거리를 돌던 충직한 늙은 말 유빌리에서 떨어져 크게 다쳤다. 한동안 사람들은 왕이 곧 죽을지도 모른다고 걱정했고, 온 덴마크가 슬픔에 빠졌다.

하지만 그는 죽지 않았다. 왕은 여전히 살아 있다.

세상을 떠난 사람은 리세였다. 결혼식을 불과 2주일 앞두고 사고가 나서 죽은 사람은 바로 안네마리의 언니, 날씬하고 아름다웠던 리세였다. 안네마리의 방 한쪽 구석에 놓여 있는, 파란색 돋을새김으로 장식한 큰 여행 가방 안에는 가장자리에 레이스가 달린 리세의 베갯잇과 목둘레에 일일이 손으로 수를 놓은, 채 입어 보지도 못한 웨딩드레스와 약혼 축하 파티에서 리세가 입고 그 풍성한 옷자락을 날리며 춤을 추었던 노란색 드레스가 고이 담겨 있다.

엄마와 아빠는 그날 이후 리세에 대해서 한마디도 하지 않았다. 심지어 그 가방도 전혀 열어 보지 않았다. 하지만 안네마리는 혼자 집에 있을 때면 가끔 그 가방을 열어 보았다. 곧 결혼해서 아기를 갖게 되리라 믿었던 조용하고 부드러운 목소리의 리세를 떠올리며 그 물건들을 조심스럽게 어루만져 보곤 했다.

리세의 약혼자였던 빨간 머리 페테르는 리세가 세상을 떠난 뒤 아무하고도 결혼하지 않았다. 그는 많이 변했다. 예전에는 안네마리와 키르스티를 놀리고 간지럼을 태우고 농담도 하고 엉뚱한 짓도 하면서 짓궂은 오빠처럼 굴었다. 요즘도 자주 집에 들르지만 안네마리가 알아들을 수 없는 이야기를 엄마와 아빠에게만 급히 전하고는 사라져 버린다. 안네마리와 키르스티가 들을 때마다 배꼽을 잡고 웃었던 익살맞은 노래를 이제 그는 부르지 않는다. 그리고 오래 머물지도 않는다.

아빠도 변했다. 아빠는 더 나이가 든 데다가 더 지치고 좌절한 것 같다. 옛날이야기만 그대로일 뿐, 온 세상이 다 변했다.

"그리고 그 후로 그들은 행복하게 살았습니다."

안네마리는 엄지손가락을 입에 물고 옆에서 자고 있는 동생을 위해 어둠 속에서 혼자 속삭이며 이야기를 끝맺었다.

히르슈 부인의 행방

　어제나 오늘이나 별다를 바 없이 9월의 하루하루가 흘러갔다. 안네마리와 엘렌은 키 큰 군인과 그의 동료를 피해 먼 길을 돌아서 학교에 갔다가 집으로 돌아오곤 했다. 키르스티는 안네마리와 엘렌 뒤에 처지거나 앞서 뛰어가거나 하면서도 안네마리의 시야에서 벗어나지는 않았다.

　두 엄마는 여전히 오후면 함께 '커피 타임'을 즐겼다. 낮 시간이 점점 짧아지고 낙엽이 지기 시작하자, 엄마들은 다가올 겨울을 대비해 장갑을 떴다. 모두 지난겨울을 기억하고 있었다. 이제 코펜하겐의 개인 주택이나 아파트에 땔감이라고는 남아 있지 않다. 게다가 덴마크의 겨울밤은 무척이나 춥다.

　같은 아파트에 사는 다른 사람들처럼 요한센 가족도 낡은 굴뚝을 다시 뚫고 석탄이 생기면 언제라도 불을 지필 수 있도록 작은 난로를 달았다. 이제는 전기도 배급제라서 엄마는 음

26

식을 만들 때 가끔 그 난로를 사용할 뿐, 밤에는 촛불을 켜야 했다. 학교 선생님인 엘렌의 아빠는 촛불이 하도 희미해서 학생들이 낸 과제물을 고쳐 주기도 힘들다고 푸념하곤 했다.

"조금 있으면 너희들 침대에 이불 하나를 더 깔아야 할 거야."

어느 날 아침, 침대를 정돈하고 있는 안네마리에게 엄마가 말했다.

"키르스티와 같이 자니까 겨울엔 따뜻해서 좋아요. 엘렌은 언니나 동생이 없어서 안됐어요."

"추워지면 그 애도 엄마 아빠와 함께 자야 할 거다."

엄마가 미소를 띠며 말했다.

"전에는 키르스티가 엄마 아빠 사이에서 잤잖아요. 원래 아기 침대에서 자야 하는데 한밤중에 기어 내려와서 엄마 아빠 침대로 갔죠."

침대 위에 베개를 반듯이 놓으면서 안네마리가 말했다. 그러고는 잠깐 머뭇거리면서 곁눈질로 엄마의 표정을 살폈다. '내가 괜한 이야기를 꺼낸 건 아닐까? 엄마가 괴로워하면 어떡하지?' 키르스티가 엄마 아빠 방에서 잘 때 리세와 안네마리는 같은 침대를 썼던 것이다.

하지만 엄마는 그저 조용히 미소를 지었다.

"나도 생각나. 키르스티는 한밤중에 가끔 침대에 오줌을 쌌지."

"안 그랬어! 난 한 번도 그런 적 없어!"

키르스티가 방 문가에서 씩씩거리며 소리쳤다.

엄마는 빙긋이 웃으며 몸을 낮춰 키르스티의 뺨에 입을 맞추었다.

"자, 학교 갈 시간이란다."

엄마는 키르스티의 웃옷 단추를 채워 주다가 멈칫했다.

"이런, 단추가 반쪽이 나 버렸네. 안네마리야, 학교 갔다 오면서 키르스티를 데리고 실하고 단추를 파는 히르슈 아줌마네 가게에 들렀다 오렴. 이 단추와 어울리는 걸로 하나 사 와. 돈을 좀 줄게. 그리 비싸지 않을 거야."

하지만 수업이 끝난 후 그 가게에 들러 보니, 안네마리가 기억하는 한 언제나 열려 있던 가게는 웬일인지 문이 잠겨 있었다. 문에는 새 자물통이 채워져 있고 쪽지가 붙어 있었다. 하지만 독일어로 씌어 있어 안네마리는 읽을 수가 없었다.

"히르슈 아줌마가 어디 아프신가 봐."

되돌아오면서 안네마리가 말했다.

"토요일에 아줌마하고 아저씨하고 아들이 함께 있는 걸 봤는데, 모두 괜찮아 보였어. 아들은 늘 좀 끔찍해 보이잖아."

엘렌이 키득거렸다.

안네마리는 인상을 찌푸렸다. 히르슈 부인과 같은 동네에 사는 터라, 안네마리는 히르슈 부인의 아들인 사무엘을 가끔 본 적이 있었다. 헝클어진 머리에 두꺼운 안경을 쓴 사무엘은 영 볼품이 없었다. 옷은 겅충한 데다가 늘 어깨를 잔뜩 웅크리고 다녔던 것이다. 자전거를 타고 학교에 오는 사무엘은 앞으로 몸을 구부리고 곁눈으로 할기면서 안경이 흘러내리지 않도록 콧잔등에 주름을 잡곤 했다. 고무바퀴를 구할 수 없어서 대신 나무바퀴를 다는 바람에 그의 자전거는 달릴 때마다 삐그덕 와그덕, 덜커덕 철커덕 온갖 소리를 다 냈다.

"바닷가로 휴가 간 거 아닐까? 분홍색 크림을 얹은 컵케이크도 커다란 바구니에 담아 갔겠다, 그렇지?"

키르스티가 말했다.

안네마리가 동생을 슬쩍 비꼬았다.

"그럼, 왜 안 그랬겠니?"

동생은 고개를 끄덕였다.

안네마리와 엘렌은 어련하랴 싶은 얼굴로 '앤 정말 좀 멍청해'라는 듯이 서로를 바라보았다. 전쟁이 시작된 이래로 코펜하겐에서 바닷가로 휴가를 갈 사람이 어디 있단 말인가? 게다가 분홍색 크림을 얹은 컵케이크는 몇 달 동안 구경도 하지 못했다.

모퉁이를 돌기 전에 안네마리는 가게 쪽을 다시금 쳐다보았다.

'도대체 히르슈 아줌마네는 어디로 간 걸까? 왜 가게 문을 닫았을까?'

엄마는 이 소식을 듣고 상당히 걱정스러운 표정으로 "정말이야?" 하며 몇 번이나 되물었다.

"다른 데 가서 사면 되지요, 뭐. 아니면 맨 아래 단추를 위로 올려 달면 되잖아요. 잘 보이지도 않는데."

안네마리가 엄마를 안심시켰다. 하지만 엄마는 옷 때문에 걱정하는 게 아닌 듯했다.

"그 쪽지에 독일어로 뭐라고 적혀 있더란 말이지? 아니야, 네가 제대로 못 봤을지도 몰라."

"엄마, 거기엔 나치 표시도 있었는걸요."

엄마는 갈피를 못 잡겠다는 표정으로 돌아섰다.

"안네마리야, 잠깐만 동생 좀 보고 있어라. 저녁에 먹을 감자 껍질도 벗겨 놓고. 금방 다녀올게."

"어디 가시게요?"

엄마가 문 쪽으로 가는 것을 보며 안네마리가 물었다.

"로센 아줌마하고 얘기 좀 하려고."

안네마리는 영문도 모른 채 엄마가 나가는 것을 지켜보았다. 그러고는 부엌에 가서 감자가 들어 있는 찬장 문을 열었다. 요즘에는 저녁마다 감자만 먹는 것 같다. 그나마 그것도 이제 얼마 남지 않았다.

안네마리가 잠이 들락 말락 할 때 가볍게 방문 두드리는 소리가 났다. 문이 열리면서 엄마가 촛불을 들고 들어왔다.

"자니?"

"아니요. 왜요? 무슨 일이 생겼어요?"

"아무 일도 아니야. 잠깐 일어나서 거실로 좀 나와 볼래? 페테르가 왔어. 아빠 엄마도 너한테 얘기할 게 있고."

안네마리는 침대에서 벌떡 일어났다. 키르스티가 자면서 푸푸거렸다. '페테르 오빠가 오다니! 정말 오랫동안 보지 못

했는데.' 하지만 안네마리는 페테르가 밤에 나타난 것이 못내 걱정스러웠다. 코펜하겐에는 야간 통행 금지령이 내려져서 저녁 8시 이후에는 아무도 다닐 수가 없었다. 이 시간에 집에 오는 것은 아주 위험한 일인데도, 어쨌거나 안네마리는 그가 왔다는 말이 너무나 기뻤다. 급히 왔다가 곧바로 가긴 했어도 그가 오는 건 뭐랄까, 좀 비밀스러워 보였다. 안네마리는 페테르를 본다는 게 정말 큰 기쁨이었다. 안네마리는 페테르를 보면서 행복했던 지난날의 기억을 떠올리곤 했다. 안네마리의 부모님 역시 페테르를 사랑했다. 그를 아들처럼 여겼다.

안네마리는 맨발로 거실로 뛰어가 페테르를 껴안았다. 그는 웃으면서 안네마리의 볼에 뽀뽀를 해 주고, 찰랑이는 긴 머리카락을 어루만졌다.

"전에 봤을 때보다 훨씬 컸구나. 다리가 얼마나 길어졌는지 다리밖에 안 보이네!"

안네마리는 웃음을 터뜨렸다.

"지난 금요일엔 우리 학교 여자 달리기 시합에서 1등 했어."

안네마리는 자랑스럽게 말했다.

"근데 어디 가 있었어? 우리가 얼마나 보고 싶어 했는데!"

"일 때문에 여기저기 돌아다녔어. 자, 오빠가 가져온 것 좀 봐라. 하나는 키르스티에게 주렴."

그는 주머니에서 조가비 두 개를 꺼내 안네마리에게 주었다. 안네마리는 그중 작은 것을 동생에게 주려고 식탁 위에 두었다. 조가비를 손에 쥐고 불빛에 비춰 보니 진줏빛 표면이 반짝였다. 이런 선물을 가져오다니, 역시 페테르 오빠답다고 안네마리는 생각했다.

"엄마, 아빠한테는 좀 더 실용적인 것을 갖고 왔지. 자, 맥주 두 병입니다!"

엄마와 아빠는 미소를 지으며 맥주잔을 높이 들었다. 아빠는 맥주를 한 모금 마시고 나서 윗입술에 묻은 거품을 닦았다. 그러더니 심각한 표정으로 말했다.

"안네마리야, 페테르가 그러는데, 독일인들이 유대인이 운영하는 가게들을 닫으라는 명령을 내렸단다."

"유대인이요? 히르슈 아줌마가 유대인이에요? 그래서 단추 가게도 닫은 거예요? 독일인들이 왜 그러는 건데요?"

페테르가 몸을 숙이며 대답했다.

"자기네들 식으로 고통을 주겠다는 거지. 그들은 몇 가지 이유를 들어 유대인을 괴롭혀. 다른 나라에서도 그렇게 하고 있었고. 여기서는 아직 그 정도는 아니어서 조금 마음을 놓고 있었는데, 이제 시작된 것 같아."

"단추 가게가 뭐 어때서? 단추 가게가 무슨 해를 끼치는 것도 아니잖아? 히르슈 아줌마는 좋은 분이고, 사무엘도 좀 멍청해 보이긴 하지만 아무한테도 나쁜 짓을 하지 않는 애야. 나쁜 짓을 할래야 할 수도 없지, 뭐. 안경을 벗으면 뭐가 제대로 보이지도 않을 텐데!"

그때 문득 안네마리의 머릿속에 떠오른 생각이 있었다.

"그런데 히르슈 아줌마네가 단추를 팔지 못하면 어떻게 살아?”

“친구들이 돌볼 거야. 그게 친구들이 할 일이니까.”

엄마가 부드럽게 말했다.

안네마리는 고개를 끄덕였다. 엄마 말이 물론 옳다. 친구들과 이웃들이 히르슈 부인의 집에 생선과 감자와 빵과 찻잎 같은 것을 가져다줄 것이다. 아마 페테르는 맥주를 갖다줄지도 모른다. 그럼 가게를 다시 열 때까지 편안하게 살 수 있겠지.

그러다가 갑자기 안네마리는 눈이 동그래져서 벌에 쏘인 듯 벌떡 일어났다.

“엄마! 아빠! 로센 아저씨도 유대인이잖아요!”

엄마와 아빠는 고개를 끄덕이면서 굳은 얼굴로 말했다.

“네 말을 듣고 나서 오후에 로센 아줌마한테 가서 그 얘길 했지. 벌써 알고 계시더구나. 하지만 아줌마는 그 일이 자기들에게 영향을 미칠 것 같지는 않대.”

안네마리는 곰곰이 생각하다가 불현듯 어떤 생각이 떠올라 안심했다.

“로센 아저씨는 가게를 하는 게 아니라 선생님이잖아요. 독일인들이 학교를 통째로 닫게 할 순 없잖아요. 안 그래요?”

안네마리는 페테르에게 눈으로 물었다.

“내 생각엔 로센 선생님네는 괜찮을 거야. 하지만 네 친구 엘렌은 조심시켜라. 그리고 항상 군인들을 피해 다녀. 엄마가 외스테르브로가데에서 있었던 일에 대해 말씀해 주시더라.”

페테르가 말했다. 안네마리는 별일 아니라는 듯이 어깨를

으쓱해 보였다. 그 일에 대해서는 거의 잊고 있었던 것이다.

"아무 일도 아니었어. 그냥 심심해서 말 붙일 사람을 찾고 있었나 봐."

안네마리는 아빠 쪽으로 몸을 돌리며 덧붙였다.

"아빠, 전에 어떤 남자애가 군인에게 했다는 말 기억하시죠? 덴마크 사람 모두가 왕의 경호원이라는 말."

아빠가 미소를 지으며 대답했다.

"어떻게 잊을 수가 있겠니?"

안네마리는 천천히 말을 이었다.

"그럼, 이젠 모든 덴마크 사람들이 유대인들의 경호원이 되어야만 한다고 생각해요."

"그럴 거야."

아빠가 대답했다.

페테르가 일어났다.

"가 봐야 해요. 황새 다리 아가씨, 잘 시간 지났어요."

그는 다시 한 번 안네마리를 껴안아 주었다.

새우처럼 몸을 구부리고 자는 동생 옆에 누워서 안네마리는 아빠가 3년 전에 했던 말을 되새겨 보았다. 아빠는 왕을 지키기 위해 죽을 거라고 말했다. 엄마도 그랬고, 겨우 일곱 살이었던 안네마리도 그러겠다고 자랑스럽게 말했다.

이제 안네마리는 키가 훌쩍 자란 열 살 소녀다. 분홍색 크림을 얹은 컵케이크를 그리워하는 바보 같은 애가 아니다. 이제 안네마리도 또 모든 덴마크 사람들도, 엘렌과 엘렌의 부모님을 위한, 덴마크의 모든 유대인을 위한 경호원이 될 것이다.

그런데 내가 그들을 위해서 죽어야 한다면? 정말 죽어야 한다면? 아무리 생각해도 그건 잘 모르겠다.

안네마리는 순간적으로 무섭다는 생각이 들었다. 이불을 목까지 끌어올리자 비로소 마음이 살짝 놓였다. 그건 모두 상상 속의 일이지 현실이 아니다. 다른 사람을 위해 죽어야 하는 용기는 옛날이야기에나 있는 거다. 지금 덴마크에서는 그럴 리 없다. 그리고 군인들이 있다. 레지스탕스 지도자들, 그들이 있다. 그들이야말로 때에 따라 목숨을 바친다. 그게 진짜다.

하지만 요한센 가족이나 로센 가족은 보통 사람이니까. 자기가 그런 용기를 가지지 않아도 되는 보통 사람인 것을 다행스러워하면서 안네마리는 고요한 어둠 속으로 폭 잠겼다.

정말 기나긴 밤

엄마와 키르스티가 시장에 간 사이에 안네마리와 엘렌은 거실 바닥에 엎드려 종이 인형 놀이를 했다. 엄마가 모아 둔 낡은 잡지에서 오려 낸 것이라서 종이 인형들의 머리 모양이나 옷은 모두 구식이었다. 안네마리와 엘렌은 엄마가 좋아하는 책에서 이름을 따와 인형마다 이름을 지어 주었다. 전에 엄마가 안네마리와 엘렌에게 《바람과 함께 사라지다》의 내용을 들려준 적이 있었는데, 그 이야기는 키르스티가 좋아하는 왕과 왕비가 나오는 옛날이야기보다 훨씬 더 재미있고 낭만적이었다.

"자, 멜라니, 무도회에 갈 옷을 입어야지."

안네마리가 양탄자 가장자리로 인형을 걸리면서 말했다.

"응, 스칼렛. 다 됐어. 지금 가."

엘렌이 우아한 목소리로 대답했다. 엘렌은 연기력이 뛰어나 가끔 학교 연극 무대에서 주인공을 맡기도 했다. 엘렌은 상상하는 놀이라면 뭐든지 재미있어했다.

그때 갑자기 문이 확 열리면서 키르스티가 눈물 범벅이 된 채 잔뜩 부은 얼굴로 쿵쾅거리며 들어왔다. 엄마는 몹시 화가 난 표정으로 뒤따라 들어오면서 꾸러미를 탁자에 내려놓았다.

"안 신어! 절대로 안 신어! 죽어도 안 신을 거야!"

키르스티가 볼멘소리로 내뱉었다.

안네마리는 무슨 일인지 궁금해서 엄마를 쳐다보았다. 엄마가 한숨을 쉬며 말했다.

"신발이 작아서 새 신발을 사 줬거든."

"기가 막혀. 키르스티, 난 엄마가 나한테도 새 신발 좀 사 줬으면 좋겠다. 나 새것 좋아하는 거 알지? 요즘엔 가게에서 새것이라곤 눈 씻고 찾아볼래야 볼 수가 없는데, 고마운 줄도 몰라?"

"그런 말 하지 마! 언니도 저 신발 보면 안 그럴걸? 다른 엄마들은 딸한테 저렇게 괴상망측한 신발을 사 주지는 않을 거야!"

키르스티가 울면서 퍼부어 댔다.

"키르스티, 너도 알잖아. 거긴 생선 가게가 아니라는 걸. 어쨌든 신발을 찾아낸 것만도 다행이잖니?"

엄마가 키르스티를 달랬다.

"그럼 보여 줘 봐. 안네마리 언니하고 엘렌 언니한테 보여 줘. 그 신발이 얼마나 괴상한지 한번 보여 줘."

키르스티는 들은 척도 않고 계속 쏘아붙였다. 엄마는 꾸러미를 풀고 여아용 신발을 한 켤레 꺼냈다. 엄마가 신발을 집어 들자 키르스티는 보기도 끔찍하다는 듯 눈길을 돌렸다.

"너도 알다시피 이젠 가죽이라곤 찾을 수가 없어. 그래서 생선 껍질로 신발을 만든 거란다. 내가 보기엔 그렇게까지 괴상하지는 않은데."

안네마리와 엘렌은 생선 껍질로 만든 신발을 쳐다보았다. 안네마리는 신발 한 짝을 들고 자세히 살펴보았다. 생선 비늘이 보이니 흉하긴 했다. 그래도 어쨌거나 이것도 신발이고, 키르스티는 새 신발이 필요하다.

"키르스티, 그렇게까지 괴상하진 않아."

안네마리는 약간 거짓말을 보탰다. 엘렌도 다른 한 짝을 살펴보고는 맞장구를 쳐 주었다.

"그래, 다 괜찮은걸. 색깔이 좀 그래서 그렇지."

"녹색이잖아! 난 절대로 녹색 신발 같은 건 안 신을래."

키르스티가 징징댔다.

"우리 집에 가면 아빠한테 까만색 잉크가 있어. 너, 이 신발이 까만색이면 신을 거니?"

엘렌이 물었다. 키르스티는 얼굴을 한번 찡그리고 나서 말했다.

"신을지도 몰라."

"좋아. 그럼, 아줌마가 허락하시면 내가 오늘 밤에 이 신발을 가져가서 우리 아빠한테 까맣게 칠해 달라고 말씀드릴게."

엄마가 빙긋 웃었다.

"그러면 되겠구나, 키르스티. 어떠니?"

키르스티는 잠깐 생각해 보더니 물었다.

"언니네 아빠가 이걸 반짝반짝 빛나게 해 주실 수 있어? 난 그런 게 좋은데."

엘렌이 고개를 끄덕였다.

"그러실 수 있을 거야. 아빠 잉크는 까만색인데 무척 반짝거리거든."

"됐어, 그럼. 하지만 아무한테도 이게 생선 껍질로 만든 거라고 말하지 마! 다른 사람이 아는 거 싫어."

키르스티는 무시하는 표정으로 새 신발을 흘깃 보고는 의자 위에 놓았다. 그러고는 종이 인형 쪽으로 관심을 돌렸다.

"나도 같이 놀아도 돼? 나도 종이 인형 하나만 줘."

키르스티가 안네마리와 엘렌 옆에 쭈그리고 앉았다.

'가끔가다 키르스티가 귀찮아 죽겠어' 하고 안네마리는 생각했다. 하지만 집이 좁으니 키르스티가 따로 놀 만한 데가 없었다. 게다가 키르스티에게 다른 데 가서 놀라고 하면 엄마가 꾸중하실 것이 틀림없었다.

"자."

안네마리는 동생에게 종이로 오려 만든 여자아이 인형을 하나 주었다.

"우린 《바람과 함께 사라지다》 놀이를 하고 있어. 멜라니

하고 스칼렛은 무도회에 갈 거야. 넌 스칼렛의 딸인 바니야."

키르스티는 즐겁게 자기 인형을 올렸다 내렸다 하며 춤추는 시늉을 했다.

"나도 무도회에 갈 테야!"

키르스티가 앙증맞게 높은 목소리를 꾸며 냈다. 엘렌이 키득거렸다.

"꼬마 아가씨는 무도회에 못 간단다. 다른 데 가게 해야지. 티볼리로 보내는 게 어때?"

"티볼리로?"

안네마리가 웃었다.

"그건 코펜하겐에 있잖아!《바람과 함께 사라지다》는 미국이 배경이고!"

"티볼리, 티볼리, 티볼리…."

키르스티는 인형을 빙빙 돌리면서 흥얼거렸다.

"어디든 상관없어. 그냥 놀기만 하면 되잖아."

엘렌이 콕 집어 냈다.

"티볼리는 저기 의자 옆에 있어. 자, 가자, 스칼렛."

엘렌이 인형 목소리로 말했다.

"우린 티볼리로 가서 춤도 추고 불꽃놀이도 볼 거야. 멋진 남자들도 있겠지? 귀여운 딸 바니도 데려오렴. 회전목마를 태워 줄게."

안네마리는 웃으면서 엘렌이 티볼리라고 정한 의자 쪽으로 스칼렛을 걸려서 데려갔다. 안네마리는 코펜하겐 한가운데에 있는 티볼리 식물원을 무척 좋아했다. 어렸을 때 엄마와 아빠를 따라 가끔 그곳에 가곤 했다. 안네마리는 음악과 밝은 색 조명등과 회전목마와 아이스크림과 저녁마다 펼쳐졌던 멋진 불꽃놀이를 떠올렸다. 밤하늘을 수놓으며 터지던 불꽃과 화려한 색깔로 퍼져 나가던 불꽃 줄기들.

"난 이 세상에서 가장 멋진 불꽃놀이가 생각나."

안네마리가 엘렌에게 말했다.

"나도. 나도 불꽃놀이 생각나."

키르스티가 끼어들었다.

"바보. 넌 본 적도 없잖아."

안네마리가 핀잔을 주었다. 티볼리 식물원은 이제 닫혀 있다. 독일 점령군이 식물원 일부를 태워 버렸다. 아마도 그건 재미난 것을 좋아하는 덴마크 사람들의 낙천적인 즐거움을 방해하려는 방법 중의 하나였을지도 모른다.

키르스티는 몸을 꼿꼿이 세우며 당장에라도 싸울 듯이 말했다.

"나도 봤어. 내 생일날 봤다고. 밤에 깨어났을 때 펑펑 소리가 나는 걸 들었어. 하늘에서 불꽃이 반짝거렸고. 엄마가 그건 내 생일 축하 불꽃놀이랬어."

그제야 안네마리도 생각이 났다. 키르스티의 생일은 8월 말이었다. 한 달 전 그날 밤, 안네마리도 폭발 소리에 깨어나 무서움에 떨었다. 키르스티 말이 맞다. 남동쪽 하늘이 환하게 타올랐는데, 엄마는 생일을 축하해 주는 거라고 말하면서 키르스티를 달랬던 것이다.

"어머나, 세상에! 요 다섯 살짜리 꼬맹이를 위해 저렇게 거창한 불꽃놀이를 하다니!"

엄마는 아이들 침대에 걸터앉아 번쩍이는 밤하늘을 보기 위해서 창문의 커튼을 살짝 젖혔다.

다음 날 저녁 신문에서 진상이 밝혀졌다. 슬픈 소식이었다. 독일군이 덴마크 함대를 징발하려고 하자 덴마크 사람들이 아예 배를 하나씩 하나씩 폭파시켜 버렸던 것이다.

"왕이 얼마나 슬펐을까요?"

엄마가 신문을 읽으면서 아빠한테 이렇게 말하는 것을 안네마리는 귓결에 들었다.

"자랑스러웠을 테지."

아빠가 대답했다.

나이가 들어 가는 키 큰 왕이 파란 눈에 눈물을 머금은 채 항구에서 산산이 부서져 가라앉는 덴마크 함대의 잔해를 지켜보고 있었을 것을 생각하니 안네마리도 슬퍼지면서 한편으로는 자랑스러웠다.

"엘렌, 나 이제 그만 놀래."

안네마리가 갑자기 인형을 탁자 위에 내려놓으며 말했다.

"나도 어차피 집에 가야 해. 엄마가 청소하시는 거 도와드려야 하거든. 목요일이 우리 새해잖아. 너도 알지?"

"왜 언니네 새해야? 우리는 새해 하면 안 돼?"

키르스티가 물었다.

"그럼. 유대인의 새핸데, 우리를 위한 날이야. 하지만 너도 새해를 맞이하고 싶으면 그날 밤에 와서 우리 엄마가 촛불 붙이는 거 봐도 돼."

안네마리와 키르스티는 가끔 금요일 저녁마다 로센 부인이 안식일 초에 불을 붙이는 것을 보러 가곤 했다. 로센 부인은 천으로 머리를 가리고 히브리어로 특별한 기도를 했다. 안네마리는 항상 조용히 서서 경건한 마음으로 그 모습을 지켜보았다. 늘 재잘거리는 키르스티조차 그때만큼은 조용했다. 기도문이 무슨 뜻인지는 몰랐지만 엘렌 가족에게는 특별한 시간이라는 것 정도는 느낄 수 있었다.

"그래. 언니네 엄마가 촛불 붙이시는 거 보러 갈게. 그날 내까만 새 신발을 신고 갈게."

키르스티가 기쁜 목소리로 말했다.

그런데 이번에는 일이 틀어져 버렸다. 목요일에 키르스티와 함께 학교에 가던 안네마리는 아침 일찍부터 가장 좋은 옷을 차려입고 시나고그(유대교 회당) 쪽으로 걸어가고 있는 엘렌 가족을 보았다. 안네마리가 손을 흔들자 엘렌도 즐겁게 마주 흔들었다.

"엘렌은 좋겠다. 오늘 학교에 안 가도 되니 말이야."

안네마리가 키르스티에게 말했다.

"하지만 엘렌 언니는 아주아주 얌전히 앉아 있어야 할걸? 우리도 교회 가면 그러잖아. 그건 정말 지겨워."

키르스티가 조잘댔다.

그날 오후에 로센 부인이 안네마리 집 문을 두드렸다. 하지만 안으로 들어오지는 않고 복도에 서서 엄마와 다급하고 긴장된 목소리로 오랫동안 이야기를 나누었다. 다시 들어온 엄마의 얼굴에는 근심이 어려 있었지만 목소리는 명랑했다.

"애들아, 즐거운 일이 생겼어. 엘렌이 오늘 밤에 우리 집에 와서 며칠 동안 있을 거란다! 손님 맞이하는 게 얼마 만이니?"

키르스티는 기뻐하며 손뼉을 쳤다.

"하지만 엄마, 오늘은 유대인의 새해가 시작되는 날이잖아요. 엘렌네는 오늘 집에서 새해를 맞이한다고 했는데요? 엘렌이 그러는데, 걔네 엄마가 어디서 닭 한 마리를 간신히 구했대요. 오늘 그걸 구워 먹는다고 했는데…. 걔네가 통닭구이 먹어 본 지도 1년이 넘었잖아요!"

안네마리가 실망해서 말했다.

"사정이 달라졌어. 로센 아저씨하고 아줌마는 친척들한테가 봐야 하신대. 그래서 엘렌이 우리 집에 와 있어야 한단다. 자, 그럼 서둘러라. 네 침대에 깨끗한 시트를 깔아야지. 키르스티, 오늘 밤은 엄마, 아빠와 같이 자자. 큰 애들은 자기네끼리 웃고 떠들게 놔두고."

엄마가 말했다.

키르스티는 뾰로통해졌다. 왜 자기는 빼느냐고 따지려는데 엄마가 달랬다.

"엄마가 밤에 아주 재미난 이야기를 해 줄게. 너한테만."

"임금님 얘기?"

키르스티는 고개를 갸우뚱했다.

"그래. 임금님 얘기."

"알았어. 근데, 왕비도 나와야 해!"

로센 부인이 보내 준 닭고기로 엄마는 아주 멋진 저녁 식사를 마련했다. 모두 두 접시를 먹고도 남을 만큼 푸짐했지만 웃고 떠드는 소리는 들리지 않았다. 엘렌은 식사 시간 내내 조용했다. 뭔가 두려워하는 듯한 표정이었다. 아빠와 엄마는 즐거운 이야기만 하려고 애썼지만 역시 무언가 걱정하고 있는 게 분명했다. 안네마리 또한 마음이 무거웠다. 키르스티만 방 안에 감도는 조용한 긴장감을 느끼지 못한 채, 까맣게 칠한 새 신발을 신은 작은 발을 까딱거리면서 쉴 새 없이 조잘대며 까르륵거렸다.

"우리 막내야, 오늘은 일찍 자러 가자."

설거지를 끝낸 뒤 엄마가 말했다.

"임금님과 왕비님 이야기는 아주 기니까 지금 시작해야 돼."

엄마는 키르스티를 데리고 방으로 들어갔다.

"무슨 일이 있군요?"

거실에 아빠와 엘렌하고만 남게 되자 안네마리가 아빠에게 다그쳐 물었다.

"안 좋은 일인가요? 무슨 일이에요?"

아빠는 대답하기 곤란한 듯 보였다.

"내가 이런 일에서 너희들을 보호할 수 있으면 좋겠구나. 엘렌, 넌 알고 있지? 이제 안네마리한테도 말해 줘야겠다."

아빠는 안네마리 쪽으로 얼굴을 돌려 머리카락을 부드럽게 어루만져 주었다.

"오늘 아침에 시나고그에서 랍비가 사람들에게 말했다는구나. 나치들이 시나고그에 등록된 모든 유대인들의 명단을 갖고 있다고. 어디 사는지, 이름까지 알고 있대. 물론 엘렌네도 다른 사람들과 마찬가지로 그 명단에 올라 있지."

"왜요? 왜 나치들이 유대인들 이름을 알고 싶어 하는데요?"

"그들은 덴마크에 살고 있는 모든 유대인들을 잡아가려 한단다. 그리고 다른 곳으로 데려가려는 거지. 그들이 오늘 밤에 유대인들을 잡으러 올지도 모른다는 얘기를 들었어."

"잘 모르겠어요, 아빠. 어디로 잡아가려는 건데요?"

아빠는 고개를 가로저었다.

"글쎄다, 어디로 데려가려는지. 왜 그러는지는 더더욱 모르겠고, 그들은 이걸 '재배치(강제 격리 수용)'라고 한다는데, 무슨 뜻인지조차 모르겠다. 하지만 분명히 잘못된 일이고 위험하다는 것 그리고 우리가 유대인을 도와야 한다는 것만은 알고 있어."

안네마리는 머리를 한 대 얻어맞은 것 같았다. 엘렌은 조용히 흐느꼈다.

"엘렌 부모님은 어디 계세요? 그분들도 도와야 하잖아요!"

"우리가 엘렌네 식구 세 명을 다 맡을 수는 없단다. 만약 독일군이 우리 집을 수색하러 오면 여기 숨어 있는 게 금방 탄로 날 거다. 한 사람은 숨겨 줄 수 있지만, 세 명은 힘들어. 그래서 엘렌 부모님이 다른 곳에 피신할 수 있도록 페테르가 도와주었단다. 거기가 어딘지는 우리도 몰라. 엘렌도 모른다. 하지만 아저씨와 아줌마는 안전하셔."

엘렌은 점점 더 크게 흐느끼며 손에 얼굴을 묻었다. 아빠가 엘렌을 안아 주었다.

"엘렌, 네 엄마 아빠는 안전해. 내가 약속하마. 넌 엄마와 아빠를 곧 다시 만나게 될 거야. 내 말을 믿을 수 있겠지?"

엘렌은 머뭇거리다 고개를 끄덕이고는 손등으로 눈물을 닦았다.

"하지만 아빠⋯."

안네마리는 솜이 가득 든 소파, 탁자와 의자 몇 개, 벽에 붙어 있는 작은 책장, 이렇게 가구 몇 개밖에 없는 좁은 집 안을 둘러보며 말했다.

"우리가 엘렌을 숨길 수 있다고 하셨죠? 어디다 어떻게 숨겨요?"

아빠는 빙그레 미소를 지었다.

"그건 쉽다. 엄마가 말한 대로 하면 돼. 너희 둘은 같은 침대에서 자고, 웃고, 말하고, 비밀도 속닥거릴 수 있잖니? 그러니까 만약 누가 오면⋯."

엘렌이 끼어들었다.

"누가 오다니요? 군인들이 오나요? 저기 모퉁이에 서 있는 군인들 말인가요?"

안네마리는 며칠 전 모퉁이에서 군인들이 자기들을 세워 놓고 질문을 했던 날, 엘렌이 얼마나 겁을 냈는지 기억났다.

"누가 올 거라고 생각하진 않아. 하지만 미리 준비한다고 해가 될 건 없지. 만약 누가 온다면, 혹시 군인들이라도 온다면 말이야, 너희 둘은 언니, 동생인 척하면 돼. 너희들은 늘 같이 다니니까 잘할 수 있을 거야."

아빠는 일어나서 창가로 걸어갔다. 그러고는 커튼을 젖히고 길가를 내려다보았다. 점차 어둠이 내려앉고 있었다. 밤에는 도시 전체가 완전히 깜깜해 보이도록 집집마다 창에 달아 놓은 짙은 색 커튼을 곧 내려야 할 것이다. 가까이 있는 나무에서 새 한 마리가 지저귈 뿐, 모든 것이 고요했다. 오늘이 9월의 마지막 밤이다.

"자, 가서 잠옷을 입어라. 밤이 꽤 길 거다."

안네마리와 엘렌이 몸을 일으키자 아빠가 다가와 두 아이를 껴안았다. 그러고 나서 두 아이의 머리에, 어깨까지 늘어진 안네마리의 금발과 양 갈래로 땋은 엘렌의 검은 곱슬머리에 뽀뽀를 해 주었다.

아빠가 부드럽게 말했다.

"무서워하지 말아라. 예전에 아빠한테 딸이 셋 있었지. 오늘 밤에 다시 셋이 생겨서 정말 기쁘구나."

머리색이 검은
이 아이는 누구요?

"정말 누가 올까?"

엘렌이 안네마리를 돌아보며 걱정스럽게 물었다.

"너희 아빠는 안 그럴 거라 하셨지만."

"안 올 거야. 나치는 늘 사람들을 위협하잖아. 그냥 겁주는 것일 뿐이야."

안네마리가 옷장에서 잠옷을 꺼내며 말했다.

"어쨌든 혹시 나치가 온다면 난 연극 연습을 할 기회가 생기는 거지. 그냥 리세 언니인 척하면 되니까. 키가 조금만 더 컸으면 더 좋겠지만."

엘렌은 키가 커 보이도록 까치발을 하고는 피식 웃었다. 목소리가 이제 좀 편안해진 것 같았다.

"너, 작년에 학교에서 어둠의 여왕 역을 맡았을 때 정말 잘했어. 넌 이다음에 아마 배우가 될 거야."

안네마리가 말했다.

"우리 아빠는 내가 선생님이 됐으면 하셔. 아빠는 누구나 선생님이 되길 바라시지. 하지만 난 연기 학교에 가겠다고 아빠를 설득할 거야."

엘렌은 다시금 발끝으로 서서 팔을 치켜들고는 오만한 자세를 취했다.

"나는 어둠의 여왕이다. 자, 이제 밤에게 명령하노라."

엘렌은 연극하듯이 목소리를 나지막이 내리깔았다.

"이렇게 말해야지. 나는 리세 요한센이다."

안네마리가 웃으며 말했다.

"나치한테 네가 어둠의 여왕이라고 말하면 아마 널 정신병원으로 끌고 갈걸?"

엘렌은 연기를 그만두고 침대에 올라 책상다리를 하고 앉았다.

"나치가 진짜로 오진 않겠지?"

엘렌이 다시 한번 물었다.

안네마리는 고개를 가로저으며 머리빗을 집어 들었다.

"올 리가 없어."

두 아이는 잘 준비를 하며 서로 소곤거렸다. 사실 소곤거릴 것까진 없었다. 어쨌거나 이제부터는 자매 사이라고 하기로 했고, 아빠는 킥킥거리거나 떠들어도 된다고 하셨다. 게다가 방문은 닫혀 있다.

하지만 오늘 밤은 왠지 다른 날과는 달랐다. 그래서 둘은 목소리를 죽이고 속살거렸다.

"너희 언니는 왜 세상을 떠났니? 난 그때를 기억하거든. 장례식에 간 것도 기억해. 내가 루터파 교회에 간 게 그때 한 번뿐이니까. 하지만 진짜로 무슨 일이 일어났는지는 몰라."

엘렌이 갑자기 묻자 안네마리가 조심스럽게 말했다.

"나도 자세히는 몰라. 그날 언니는 페테르 오빠와 함께 어딘가로 가고 있었대. 그런데 전화가 왔어. 사고가 났다는 거지. 엄마하고 아빠가 급히 병원으로 달려가셨어. 생각나니? 너희 엄마가 우리 집에 오셔서 나와 키르스티를 돌보셨잖아. 키르스티는 이미 잠이 들어서 모든 일이 벌어지는 동안 내내 꿈속을 헤매고 있었지. 걘 그때 어렸으니까. 하지만 난 깨어 있었어. 그리고 엄마 아빠가 한밤중에 돌아오셨을 때까지 안 자고 너희 엄마 옆에 붙어 있었지. 엄마 아빠는 리세 언니가 세상을 떠났다고 내게 말해 주셨어."

"그날 비가 왔어. 그다음 날, 엄마가 리세 언니 소식을 전해 주셨는데, 그때도 비가 내렸어. 엄마가 우시는 데다가 비까지 내리니까 온 세상이 울고 있는 것만 같았어."

엘렌이 슬픈 목소리로 말했다.

안네마리는 긴 머리를 빗고 나서 엘렌에게 머리빗을 건네주었다. 엘렌은 땋은 머리를 풀고, 항상 목에 걸고 다니는 다윗의 별이 달린 금목걸이와 머리카락이 엉키지 않도록 머리카락을 들어올린 다음, 굵은 곱슬머리를 빗기 시작했다.

"그 사고가 비 때문이기도 한 것 같다는 생각이 들어. 아빠 엄마 말로는 언니가 차에 치였대. 길은 미끄러웠을 테고, 점점 어두워지고 있을 때였으니 운전사가 제대로 앞을 보기 어려웠겠지."

안네마리는 기억을 더듬었다.

"아빠는 무척 화가 나신 것 같았어. 주먹을 쥔 손으로 다른 손을 연달아 치셨더랬지. 픽, 픽, 그 소리가 아직도 기억나."

둘은 함께 침대 속으로 들어가 이불을 덮었다. 안네마리는 촛불을 끄고 침대 가까이 있는 창문 틈으로 바람이 들어오도록 커튼을 살짝 열어 두었다.

"저쪽 구석에 있는 큰 파란색 가방 보이지?"

안네마리가 어둠 속에서 손가락으로 가방을 가리키며 말했다.

"리세 언니 물건이 모두 들어 있어. 웨딩드레스도. 아빠 엄마는 저 여행 가방을 절대로 열어 보시지 않아. 언니 물건을 다 싸서 거기 넣어 버린 다음부터 말이야."

엘렌이 한숨을 쉬었다.

"웨딩드레스를 입은 리세 언니는 참 예뻤을 텐데. 언니 웃는 모습이 정말 예쁘지 않았니? 난 너희 언니가 우리 언니도 됐으면 좋겠다고 생각했어."

"언니도 그랬을 거야. 언니는 널 좋아했으니까."

안네마리가 말했다.

"그렇게 젊어서 죽는 게 세상에서 가장 슬픈 일인 것 같아. 난 독일인들이 우리를 다른 곳으로 데려가는 게 싫어. 그래도 죽는 것보다는 나을 것 같아."

안네마리는 돌아누우며 친구를 껴안았다.

"그들은 널 데려가지 못할 거야. 너네 부모님도. 우리 아빠가 약속하셨잖아. 너네 엄마 아빠는 안전할 거라고. 우리 아빠는 언제나 약속을 지키셔. 너도 우리와 있으면 안전할 거야."

둘은 어둠 속에서 잠깐 더 속닥거렸다. 그러다가 속삭임은 곧 하품으로 변했다. 엘렌의 목소리가 점점 가늘어졌다. 엘렌은 돌아누웠고, 잠시 뒤 숨소리가 느리고 나직하게 변했다.

안네마리는 창문 너머로 희미한 밤하늘과 산들바람에 가볍게 흔들리는 나뭇가지를 바라보았다. 모든 것이 늘 있던 그대로 편안하게 느껴졌다. 위험이란 건 아이들이 서로를 놀래 주려고 꾸며 내는, 절대로 있을 리 없는 유령 이야기처럼 쓸데없는 상상에서 오는 것일 뿐이다. 옆방에서는 부모님이 주무시고 바로 옆에서는 가장 친한 친구가 자고 있는 여기, 자신의 집이 세상에서 제일 안전하다고 느꼈다. 안네마리는 만족스럽게 하품을 한 뒤 눈을 감았다.

아파트 문 두들기는 소리에 깜짝 놀라 잠에서 깬 것은 몇 시간 뒤였다. 주위는 여전히 깜깜했다.

안네마리는 방문을 아주 조심스럽게 살짝 열고 밖을 엿보았다. 엘렌도 눈이 휘둥그레져서 안네마리의 옆에 붙어 섰다.

엄마와 아빠가 잠옷을 입은 채 거실을 왔다 갔다 하는 것이 보였다. 엄마는 처음에는 촛불을 들고 있다가 나중에는 전

깃불을 켰다. 전기가 배급제로 바뀐 다음부터는 어둠을 밝히려고 전깃불을 써 본 적이 거의 없어서, 바깥을 엿보려고 문을 조금만 열었는데도 거실의 환한 불빛에 눈이 부셨다. 엄마가 등화관제용 커튼이 제대로 쳐져 있는지 확인하는 것이 보였다.

아빠가 현관문을 열어 군인들을 맞았다.

"여기가 요한센 씨 집입니까?"

군인들 중 한 사람이 굵고 큰 목소리로, 서툰 덴마크어로 물었다.

"문에 씌어 있지 않습니까? 손전등도 갖고 계시네요. 무슨 일이지요? 대체 무슨 일로 그러십니까?"

아빠가 대답했다.

"요한센 부인, 아래층에 사는 로센 부인이 당신 친구인 걸로 아는데요."

군인이 성난 목소리로 말했다.

"네, 소피 로센은 제 친구 맞습니다."

엄마가 나직한 목소리로 대답했다.

"그런데, 목소리 좀 낮춰 주시겠어요? 아이들이 자고 있답니다."

"그럼 로센 씨 가족이 어디 있소?"

군인은 목소리를 낮출 생각이 전혀 없는 듯했다.

"자기 집에서 자고 있겠지요. 지금은 새벽 4시니까요."

엄마가 말했다.

안네마리는 군인들이 거실을 가로질러 부엌을 향해 뚜벅
뚜벅 걸어가는 소리를 들었다. 그리고 문 뒤편에 숨어서 권총
을 찬 우람한 체구의 군인이 부엌 입구에서 개수대 쪽을 살피
는 것을 보았다.

다른 독일군의 목소리가 들렸다.

"로센 씨 집은 텅 비었소. 그들이 당신네 집에 와 있는 건
아니요?"

"글쎄요."

아빠가 방문 쪽으로 약간 몸을 움직였기 때문에 안네마리
는 아빠의 등밖에 볼 수 없었다.

"뭔가 오해가 있군요. 여기에는 우리 식구밖에 없습니다."

"우리가 좀 둘러봐도 되겠소?"

군인의 목소리는 거칠었다. 게다가 허락을 구하는 목소리
도 아니었다.

"달리 어쩔 도리가 없는 것 같군요."

아빠가 대답했다.

"제발 저희 애들은 깨우지 말아 주세요."

엄마가 다시금 부탁했다.

"아이들을 겁먹게 할 것까진 없지 않겠어요?"

육중한 군홧발이 마루를 가로질러 다른 방으로 들어갔다.
벽장 문이 열리더니 쾅 소리를 내며 닫혔다.

안네마리는 방문이 살며시 닫히도록 손잡이를 놓고 어둠
속을 더듬으며 침대로 갔다.

"엘렌, 빨리 목걸이를 빼!"

안네마리가 황급히 속삭였다.

엘렌은 허겁지겁 작은 고리를 풀려고 했다. 밖에서는 거친 목소리와 육중한 발소리가 계속 이어졌다.

"고리가 풀어지질 않아! 난 이걸 풀어 본 적이 없어. 어떻게 푸는 거지, 응?"

엘렌이 다급한 목소리로 말했다.

안네마리는 그때 막 문 밖에서 나는 소리를 들었다.

"이 안에는 누가 있소?"

"쉿."

엄마가 대답했다.

"딸들이 자는 방이에요. 지금 곤하게 자고 있어요."

"가만히 있어 봐. 아플지도 몰라."

안네마리가 속삭였다.

안네마리는 가는 금줄을 꽉 잡고 온 힘을 다해 비틀어서 끊어 버렸다. 그와 동시에 문이 열리면서 환한 빛이 침실로 쏟아져 들어왔다. 안네마리는 목걸이가 보이지 않도록 꼭 움켜쥐었다.

안네마리와 엘렌은 방 안으로 들어오는 나치 군인 세 명을 겁에 질린 표정으로 쳐다보았다. 그중 하나가 손전등으로 침대 주변을 살폈다. 옷장으로 가서 그 안도 들여다보았다. 그리고 장갑을 낀 손으로 외투 몇 벌과 목욕 가운이 걸려 있는 벽면도 밀어 보았다.

방 안에는 서랍장과 구석에 있는 파란색 여행 가방과 조그만 흔들의자에 쌓여 있는 키르스티의 인형들 외에는 아무것도 없었다. 손전등 빛이 차례차례 그것들을 비춰 나갔다. 머쓱해진 장교는 화가 난 얼굴로 침대 쪽으로 다가와 명령했다.

"일어나! 이쪽으로 나와!

안네마리와 엘렌은 부들부들 떨면서 침대에서 일어나 그를 따라 문가에 서 있는 군인 두 명을 지나 거실로 나왔다.

안네마리는 주변을 둘러보았다. 제복 차림을 한 이 사람들은 길거리 모퉁이에 서 있는 군인들과는 달랐다. 거리의 군인들은 어려 보이기도 했고, 어쩐지 불안해 보이기도 했다. 안네마리는 '기린'같이 생긴 군인이 부동자세를 흐트러뜨리고 키르스티에게 미소를 지었던 것이 문득 생각났다.

하지만 이들은 그 군인들보다 나이도 훨씬 많아 보였고, 얼굴 표정은 화가 난 듯 굳어 있었다.

엄마와 아빠는 긴장한 얼굴로 나란히 서 있었다. 키르스티는 보이지 않았다. 안네마리는 이 모든 일이 벌어지고 있는 동안 키르스티가 자고 있어서 천만다행이라고 생각했다. 만약 군인들이 키르스티를 깨웠더라면 그 앤 마구 울어 댔을 것이다. 아니면 짜증이 나서 조그만 주먹을 휘둘러 댔을지도 모른다.

"이름이 뭐냐?"

군인의 목소리는 마치 으르렁거리는 것 같았다.

"안네마리 요한센이에요. 이쪽은 저희 언니…."

"조용히 해! 스스로 얘기하게 놔둬. 네 이름은?"

그가 엘렌을 뚫어지게 내려다보았다. 엘렌은 침을 삼켰다.

"리세."

그렇게 말한 뒤 목소리를 가다듬으며 "리세 요한센이요" 하고 덧붙였다.

그 군인은 안네마리와 엘렌을 차갑게 쏘아보았다.

"자, 그럼…."

엄마가 또렷한 목소리로 말했다.

"보시다시피 우린 아무것도 숨기지 않았습니다. 우리 애들은 자러 가도 괜찮겠지요?"

하지만 그는 엄마의 말을 무시하고 갑자기 엘렌의 머리카락을 콱 움켜쥐었다. 엘렌은 화들짝 몸을 움츠렸다.

그가 비웃었다.

"저쪽 방에서 자고 있는 아이는 금발이고, 여기 이 아이도 금발인데…."

그는 안네마리 쪽으로 머리를 까딱했다.

"이 검은 머리 아이는 어디서 생겼소?"

그가 엘렌의 머리채를 다시금 휘어잡았다.

"아비가 다른가요? 우유 배달원한테서 생겼소?"

아빠가 한 발 앞으로 나섰다.

"제 아내에 대해 그런 식으로 말하지 마시오. 내 딸을 놓아 줘요. 아니면 당신을 고발해 버리겠소."

"아니면, 그 애를 다른 데서 데려왔겠지요?"

그 군인은 계속 입을 씰룩거리며 빈정댔다.

"로센네서 데려온 건가?"

잠시 침묵이 흘렀다. 안네마리는 아빠가 갑자기 작은 책장으로 가서 뭔가를 꺼내는 것을 조마조마한 마음으로 지켜보았다. 아빠는 가족 사진첩을 빼고 있었다. 그러고는 허둥지둥 책장을 넘겨 무언가를 찾는 듯하더니 사진 석 장을 찢어 내고는 엘렌의 머리채를 놓아준 독일 장교에게 건네주었다.

"여기 내 딸들이 보이지요? 사진 밑에 그 애들의 이름이 씌어 있습니다."

안네마리는 아빠가 골라낸 사진들이 어떤 것인지 금방 알아차렸다. 사진첩에는 스냅 사진들이 많이 끼워져 있었는데, 대개 학교행사나 생일 파티 때 찍은 사진이라 초점이 안 맞는 것들이었다. 하지만 세 자매가 아기였을 때 사진사가 제대로 찍은 사진도 있었다. 엄마는 사진 밑에 또박또박 이름을 적어 놓았다.

등골이 서늘해진 안네마리는 아빠가 왜 사진을 찢어 냈는지 알아차렸다. 사진이 끼워져 있던 곳에 사진을 찍은 날짜가 함께 기록되어 있었던 것이다. 진짜 리세 요한센은 21년 전에 태어났다.

"키르스텐 엘리자베트."

장교는 키르스티의 아기 때 사진을 보면서 이름을 읽었다. 그러고는 사진을 바닥에 떨어뜨렸다.

"안네마리."

그는 다음 사진을 읽고 안네마리를 쳐다본 후 그 사진도 바닥에 떨어뜨렸다.

"리세 마르그레테."

마침내 그가 마지막 사진을 보고 눈도 깜박이지 않은 채 오랫동안 엘렌을 쏘아보았다. 안네마리는 그가 들고 있는 사진을 마음속으로 떠올렸다. 작은 손에는 은빛 나는 고무 젖꼭지를 쥐고 수를 놓은 드레스 단 아래로는 맨발을 살짝 보인 채 베개에 기대 있는, 눈이 커다란 아기의 사진이었다. 사진 속의 아기는 검은색 곱슬머리였다.

그는 사진을 반으로 찢어 조각을 바닥에 떨어뜨렸다. 그러고는 몸을 돌려 번쩍이는 군화 굽으로 사진들을 짓이기고 걸어 나갔다. 다른 군인 두 명도 묵묵히 그 뒤를 따랐다. 아빠가 문을 닫아 버렸다.

안네마리는 엘렌의 목걸이를 움켜쥐고 있던 오른손을 그제야 폈다. 손바닥에는 다윗의 별 흔적이 선명하게 새겨져 있었다.

낚시하기에 좋은 날씨인가?

"뭔가 다른 방법을 찾아야겠어. 나치들이 의심하고 있구나. 솔직히 그들이 안 오길 바랐지. 설사 오더라도 우리 집에는 누굴 숨길 만한 곳도 없으니까 그냥 한 바퀴 휙 둘러보고 갈 줄 알았어."

아빠가 말했다.

"제 머리가 검은색이라서 죄송해요. 그것 때문에 군인들이 의심했으니까…."

엘렌이 풀이 죽은 목소리로 말했다. 엄마는 재빨리 엘렌의 손을 잡았다.

"네 머리는 정말 탐스러워. 너희 엄마 머리처럼. 그런 걸로 미안해하지 마라. 아저씨가 마침 그 사진들을 떠올리고 뽑아 온 게 참 다행이었잖니? 게다가 리세의 머리가 아기 때 거무스름한 색이었던 게 얼마나 다행인지…. 두 살 때쯤 금발로

61

바뀌었지만."

"그 중간에 머리카락이 하나도 없었던 때도 있었지!"

아빠가 덧붙였다.

엘렌과 안네마리는 웃을 듯 말 듯 한 표정을 지었다. 잠깐 동안이나마 두려움이 가라앉았다.

안네마리는 비로소 깨달았다. 오늘 밤에야 처음으로 아빠와 엄마가 리세에 대해 말했던 것이다. 3년 만에 처음으로.

밖에서는 희부옇게 동이 트기 시작했다. 엄마는 차를 준비하러 부엌으로 갔다.

"이렇게 일찍 일어난 건 처음이에요. 엘렌과 난 오늘 학교에서 졸지도 몰라!"

안네마리가 말했다.

아빠는 잠깐 동안 턱을 쓰다듬으며 생각에 잠겼다가 말했다.

"내 생각에, 오늘 학교에 가면 위험할 것 같다. 군인들이 유대인 아이들을 찾으러 학교까지 갈 가능성이 있어."

"학교에 가지 말라고요? 저희 부모님은 공부가 가장 중요하다고 항상 말씀하셨어요. 무슨 일이 있어도 전 공부를 해야만 해요."

엘렌이 깜짝 놀라 물었다.

"잠깐 방학이라고 생각해라. 지금은 네 안전이 가장 중요하단다. 너희 부모님도 같은 생각이실 거야."

아빠가 "잉에!" 하고 부엌에 있는 엄마를 불렀다. 엄마는 찻잔을 들고 문가로 와서 무슨 일이냐는 표정을 지었다.

"왜요?"

"아이들을 헨리크의 집에 데려갑시다. 페테르가 뭐라고 했는지 기억하지? 내 생각엔 오늘 처남네 가야 할 것 같군."

엄마는 고개를 끄덕였다.

"그러는 게 좋겠어요. 제가 아이들을 데려갈 테니까 당신은 여기 계세요."

"난 여기 있고 당신을 보내라고? 말도 안 돼. 그렇게 위험한 길을 당신더러 가라고 할 수는 없소."

엄마가 아빠 팔에 손을 얹었다.

"제가 아이들을 데리고 가는 게 더 안전할 거예요. 아이들이 딸린 여자는 의심을 덜 받을 테니까요. 만약 그들이 우릴 감시하고 있으면 어떻게 해요? 우리 식구 모두가 떠나는 걸 본다면요? 집은 텅 비고, 당신이 오늘 아침에 회사에 안 나간 걸 알면요? 그렇게 되면 더 위험할 거예요. 전 혼자 가도 두렵지 않아요."

엄마가 아빠의 뜻에 따르지 않는 때는 거의 없었는데, 이번에는 아니었다. 아빠는 쉽게 결정을 내리지 못하고 고민하는 표정을 지었다. 마침내 아빠가 마지못해 고개를 끄덕였다.

"짐을 싸야겠어요. 지금 몇 시나 되었죠?"

엄마가 물었다. 아빠가 시계를 보았다.

"5시가 다 되었군."

"헨리크는 아직 집에서 나가지 않았을 거예요. 5시쯤 집을 나서니까요. 전화 좀 해 보세요."

아빠가 전화기 쪽으로 갔다. 엘렌은 뭐가 뭔지 모르겠다는 표정으로 물었다.

"헨리크가 누구니? 새벽 5시에 어딜 가는데?"

안네마리가 웃으며 대답했다.

"우리 외삼촌이야. 어부지. 어부들은 아침 일찍 나가. 해 뜰 무렵에 배가 뜨거든."

안네마리는 계속 말을 이었다.

"엘렌, 넌 그곳이 마음에 들 거야. 거긴 우리 할아버지, 할머니가 사셨고, 엄마와 외삼촌이 자란 곳이야. 바로 앞에 바다가 있어서 정말 아름다워. 들판이 끝나는 바닷가에 서면 뭐가 보이는지 아니? 스웨덴이야!"

잠시 후, 안네마리는 아빠와 헨리크 삼촌이 통화하는 내용을 들었다. 엘렌은 화장실에 갔고, 엄마는 아직 부엌에 있었다. 그래서 안네마리만이 통화 내용을 들을 수 있었다.

그런데 아빠의 말이 알쏭달쏭했다.

"그래, 헨리크, 낚시하기에 좋은 날씨인가?"

아빠는 쾌활하게 물어보긴 하는데 대답을 듣는 건 잠깐이었다.

"오늘 잉에와 아이들을 거기 보내려고 해. 잉에가 자네에게 담배 한 보루를 갖다줄 거야."

잠깐 멈추었다가 통화가 다시 이어졌다.

"그래, 한 보루만."

안네마리는 외삼촌이 뭐라고 했는지 들을 수가 없었다.

"하지만 지금 코펜하겐에는 담배가 널렸다네. 어딜 뒤져 봐야 하는지만 알면 말이야. 나중에 몇 보루 더 갖다줄 수 있을 거야."

아빠가 하는 말은 사실이 아니다. 안네마리는 그게 말도 안 된다는 것을 확실히 알고 있었다. 엄마가 커피를 그리워하듯, 아빠가 못 잊는 것은 담배다. 아빠는 가게마다 담배를 팔지 않는다고 가끔 불평하곤 했다. 어제도 그러지 않았던가! 얼굴을 찌푸리면서, 사무실에 있는 사람들이 이제 아무거나 다 피운다고, 때때로 마른풀을 종이에 말아 피우기도 하는데 냄새가 아주 지독하다고 말했다.

왜 아빠는 그런 식으로 말했을까? 마치 암호를 말하듯이 말이다. 엄마가 정말로 외삼촌에게 갖다주려는 건 무엇일까?

안네마리는 깨달았다. 그게 엘렌을 데려간다는 뜻임을.

*

덴마크 해안을 따라 북쪽으로 가는 기차 여행은 너무나도 즐거웠다. 안네마리는 할아버지 할머니가 살아 계셨을 때 가끔 그분들을 만나러, 또 그분들이 돌아가신 뒤에는 좋아하는 삼촌을 만나러 여러 번 기차 여행을 했다.

하지만 기차 유리창에 얼굴을 바싹 대고 바닷가를 따라 늘어서 있는 아름다운 집과 작은 농장과 마을을 보고 있는 엘렌에게는 이 여행이 아주 새로웠다.

"저것 좀 봐!"

안네마리가 소리치며 반대쪽을 가리켰다.

"클람펜보르야. 그리고 사슴 공원도 보인다! 아, 잠깐만 여기에 내렸으면 좋겠다!"

엄마가 고개를 가로저었다.

"지금은 안 돼."

기차가 클람펜보르역에 멈춰 섰지만 아무도 내리지 않았다.

"너, 저기 가 본 적 있니, 엘렌?"

엄마가 물었다. 엘렌은 고개를 저었다.

"언젠가 가게 되겠지. 언젠가는 공원을 걸어다니며 야생 사슴이나 사육하는 사슴을 볼 수 있을 거야."

키르스티가 무릎을 세워 창밖을 내다보고는 투덜댔다.

"사슴이 어디 있어? 안 보이는데?"

"저기, 숲속에 숨어 있을 거야."

엄마가 말했다.

기차가 다시 출발했다. 그런데 갑자기 객차의 문이 열리면서 독일 군인 두 명이 나타났다. 안네마리는 머리끝이 쭈뼛했다. 여기, 이 기차에까지 오다니! 독일군은 어딜 가나 있구나!

군인들은 기차 칸을 돌아다니며 승객들을 훑어보고 이 사람 저 사람한테 질문을 던졌다. 그중 하나는 잇새에 뭐가 끼었는지 혀를 말아 올리면서 얼굴을 일그러뜨렸다. 안네마리는 군인들이 다가오자 두려우면서도 야릇한 긴장감을 느꼈다.

군인 하나가 지겹다는 듯한 표정으로 내려다보며 물었다.

"어디까지 가십니까?"

"길렐라이에에 가요."

엄마가 차분한 목소리로 대답했다.

"제 동생이 거기 산답니다. 동생을 만나러 가는 길이에요."

군인이 돌아서자 안네마리는 안도의 한숨을 내쉬었다. 그런데 갑자기 그가 몸을 홱 돌리며 물었다.

"새해를 맞으러 가는 겁니까?"

엄마는 무슨 말인지 모르겠다는 표정으로 그를 쳐다보았다.

"새해라뇨? 지금은 10월인데요?"

"아저씨, 있잖아요!"

그때 갑자기 키르스티가 군인에게 소리쳤다. 안네마리는 심장이 멎는 것 같았다. 엄마의 얼굴도 새파랗게 질려 있었다.

"쉬, 키르스티. 그렇게 떠들면 안 돼."

엄마가 말했다. 하지만 키르스티는 여느 때처럼 엄마 말을 들은 척도 하지 않았다. 그 애는 즐거운 표정으로 군인을 쳐다보았다. 동생은 보나마나 "이 언니는 우리 언니 친구 엘렌인데요, 그 새해는 엘렌 언니네 새해라고요!"라고 재잘거릴 게 뻔하다.

그러나 뜻밖에도 키르스티는 그 말을 하지 않았다. 대신 자기 발을 내려다보면서 "난 우리 삼촌네 가요. 이 새 신발을 보세요. 정말 까맣죠? 반짝거리죠?" 하며 재재거렸다.

군인은 픽 웃고는 지나갔다.

안네마리는 창밖을 다시 한번 쳐다보았다. 기차가 바닷가를 따라 북쪽으로 가는 동안 숲과 발트해 그리고 구름 낀 10월의 하늘이 뿌옇게 스쳐 지나갔다.

"이 맑은 공기 좀 마셔 봐. 정말 신선하지 않니? 옛날 생각이 나는구나."

기차에서 내려 좁다란 길로 접어들면서 엄마가 말했다.

산들바람에 실려 오는 맑은 공기는 차가웠다. 코를 톡 쏘는 소금기와 비린내가 바람 속에 섞여 있었지만 그런대로 괜찮았다. 흐릿한 구름 위로 갈매기들이 높이 날아올라 울부짖는 듯한 소리를 냈다.

엄마는 시계를 보았다.

"헨리크 삼촌이 돌아왔는지 모르겠다. 어쨌든 괜찮아, 대문은 늘 열려 있으니까. 자, 가자. 거기까지 우린 걸어가야 해. 3킬로미터쯤 될 거다. 날씨도 좋으니까 큰길로 가지 말고 숲속 오솔길로 걸어가자. 좀 멀긴 해도 길이 참 아름다워."

"엘렌 언니, 우리가 헬싱외르를 지나갈 때 본 성, 정말 예뻤지?"

키르스티가 물었다. 그 애는 기차를 타고 오면서 바다를 끼고 서 있는 장엄하고 오래된 크론보르 성을 본 다음부터 계속 그 성 이야기만 하는 중이었다.

"내려서 그 성에 갈걸. 왕이랑 왕비가 살고 있을 텐데."

안네마리는 동생한테 은근히 짜증이 나서 한숨을 내쉬었다.

"아니야, 그건 옛날이야기지. 지금 거기에 왕들이 어디 있니? 덴마크에는 왕이 오직 한 명밖에 없어. 그 왕은 코펜하겐에 살고 있잖아."

하지만 키르스티는 깡충깡충 뛰어가며 흥겹게 노래를 불렀다.

"임금님, 왕비님, 임금님, 왕비님."

엄마는 그 모습을 보고 빙그레 미소를 지었다.

"그냥 놔둬라, 안네마리야. 나도 저 나이 때는 그랬어."

마을 어귀로 향하는 좁고 구불구불한 길을 걸어가면서 엄마는 집 한 채를 가리키며 말했다.

"여기는 내가 어렸을 때와 별로 변한 게 없어. 기테 아주머니가 바로 저 집에 사셨는데…."

그 집을 지나칠 때 엄마는 낮은 돌담 안쪽을 흘깃 들여다보고 다시 말했다.

"아주머니는 몇 년 전에 돌아가셨는데 집은 그대로구나. 예쁜 꽃을 많이 가꾸셨는데. 아직 꽃은 그대로 있겠지? 하지만 지금은 꽃이 필 철이 아니지. 국화만 몇 송이 보이는구나. 아, 저기 좀 보렴."

엄마는 다른 곳을 가리켰다.

"내 단짝 친구였던 헬레나가 저 집에 살았지. 그 집에 가서 가끔 같이 밤을 새우기도 했어. 그 친구가 주말이면 더 자주 우리 집에 왔지만. 시골이 도시보다 더 재미있는 것 같아."

엄마는 웃으면서 말을 이었다.

"헨리크 삼촌이 가끔 우릴 놀렸지. 우리가 유령 얘기를 얼마나 무서워했는지…."

포장된 길이 끝나는 곳에서 엄마는 양쪽으로 나무들이 늘어서 있는 흙길로 접어들었다.

"아침마다 시내에 있는 학교에 가느라고 이 길을 걸어다녔지. 우리 개가 여기까지 뒤따라오곤 했는데, 이 흙길 끝까지 오면 돌아서서 다시 집으로 갔어. 내 생각엔 그 개가 시골 개라서 시내 같은 데는 싫어했던 것 같아."

엄마는 미소를 지으며 계속 말했다.

"그 개 이름이 뭔지 아니? 트로파스트(충직하다)야. 정말 딱 맞는 이름이었지. 왜냐하면 그 개는 너무나도 충직했으니까. 오후가 되면 항상 여기서 날 기다려 주곤 했단다. 어쩜 그리도 내가 올 시간을 잘 알았는지…. 오늘도 그렇지만, 가끔 이 길을 걸어갈 때면 트로파스트가 꼬리를 흔들면서 가만히 날 기다리고 있을 것 같은 기분이 들어."

하지만 그 길에는 아무도 없었다. 사람도, 충직한 개도. 엄마는 가방을 다른 손으로 옮겨 들었다. 그들은 소들이 점점이 보이는 초원에 이를 때까지 작은 숲길을 걸어갔다. 이제 밭둑을 따라 걷다 보면 저 너머 파도가 일렁거리는 잿빛 바다가 나타날 것이다. 키 큰 풀들이 산들바람에 이리 휘청, 저리 비틀거렸다.

들판 끝에서 이들은 다시 숲과 마주쳤다. 안네마리는 이제 다 왔다는 것을 알았다. 이 숲 바로 뒤에 있는 빈터에 헨리크 삼촌 집이 있다.

"먼저 뛰어가도 돼요? 제가 그 집을 제일 먼저 보고 싶어요."

안네마리가 물었다.

"그래라. 가서 우리가 왔다고 전하렴."

엄마가 말했다. 그러고는 엘렌의 어깨에 팔을 두르며 덧붙였다.

"친구도 데려왔다고 해."

바닷가 집

"안네마리야, 정말 멋지다."

엘렌은 가슴이 벅찼다. 안네마리는 주위를 둘러보고 그렇다며 고개를 끄덕였다. 그곳을 감싸고 있는 집과 들판은 어린 시절의 한 조각이자 삶의 한 부분이었으나 이렇게 새로운 눈으로 바라보기는 처음이었다. 마냥 즐거워하는 엘렌을 보며 안네마리는 주변을 다시 한번 둘러보았다. 정말 아름다운 곳이었다.

빨간 지붕의 작은 농가는 허름하기 이를 데 없었다. 굴뚝은 비뚤어지고 덧문이 달린 작은 창들은 기울어진 상태였다. 지푸라기로 성기게 엮은 새 둥지가 창문 위의 벽과 지붕이 맞닿는 모서리에 반쯤 걸쳐 있었다. 근처에 있는 옹이투성이 나무에는 농익은 사과 몇 개가 매달려 있다.

엄마와 키르스티는 집 안으로 들어갔지만, 안네마리와 엘렌은 웃자란 풀로 뒤덮인 풀밭을 뛰어다녔다. 어디서 나타났는지 회색 아기 고양이 한 마리가 마치 쥐를 쫓듯이 이리저리 뛰면서 발톱을 핥으며 멈추었다가는 다시 쏜살같이 사라지기도 하며 주위를 맴돌았다. 고양이는 안 보는 척하면서도 힐끔힐끔 뒤를 돌아보며 아이들이 그 자리에 있는지 없는지 확인했다. 마치 두 소녀를 놀이 동무 삼아 즐기는 것 같았다.

풀밭은 바다와 잇닿아 있었다. 잿빛 바닷물은 무겁고 평평한 돌로 쌓은 경계를 넘어와, 바닷바람을 맞아 축축해진 갈색 풀을 연신 핥아 댔다.

"난 이렇게 바다 가까이에 와 본 적이 없어."

엘렌이 말했다.

"그럴 리가. 코펜하겐 항구에 백만 번도 더 가 봤잖아."

엘렌은 푸 하고 웃었다.

"여기처럼 진짜 바다 말이야. 이렇게 온통 바닷물의 세계가 펼쳐져 있는 곳 말이야."

안네마리는 놀라서 고개를 저었다. 바다로 둘러싸인 나라인 덴마크에 살면서 어째서 바닷가에 한 번도 가 보지 못했을까?

"너희 부모님은 정말 도시 분들이구나. 그렇지?"

엘렌은 고개를 끄덕였다.

"우리 엄마는 바다를 무서워해."

엘렌이 웃으며 말했다.

"바다는 너무 커서 엄마가 감당할 수가 없대. 게다가 너무

춥대!"

둘은 바위 위에 걸터앉아 신발과 양말을 벗었다. 그러고는 발끝으로 젖은 돌 위를 건너다니면서 발을 살짝 물에 적셔 보기도 했다. 바닷물은 정말 차가웠다. 아이들은 킥킥거리면서 한 발 뒤로 물러났다.

안네마리는 허리를 구부려 바닷물이 들락날락할 때마다 떠다니는 갈색 나뭇잎 하나를 주워 들었다.

"이것 좀 봐. 이 나뭇잎은 어쩌면 스웨덴에서 흘러온 건지도 몰라. 나무에서 바다로 떨어져 머나먼 길을 떠다니다가 여기까지 온 것일 수도 있어. 너, 저기 보이니?"

안네마리는 손가락으로 먼 곳을 가리키며 말했다.

"저 땅 보이지? 저어기 말이야. 저기가 스웨덴이야."

엘렌은 눈 위에 손그늘을 만들어 대고 바다 건너편 다른 나라의 안개 낀 연안을 바라보았다.

"별로 먼 것 같진 않아."

엘렌이 말했다.

"어쩌면 저기서도 우리 또래 여자애들 두 명이 서서 이쪽을 보면서 '저기가 덴마크야!' 하고 말하고 있을지도 모르지."

안네마리가 상상을 키워 말했다.

둘은 마치 저 건너편에서 자기들을 쳐다보고 있을 스웨덴 아이들을 찾는 양, 눈을 가느스름하게 뜨고 아스라한 저편을 건너다보았다. 하지만 그곳은 너무나 멀었다. 아스라이 기다랗게 보이는 땅과 양쪽 나라를 벌려 놓은 잿빛 물결 위를 오르락내리락하며 떠다니는 배 두 척만 보일 뿐이었다.

"저 배들 가운데 하나가 너희 삼촌 배가 아닐까?"

엘렌이 말했다.

"그럴지도 몰라. 그런데 너무 멀리 있어서 잘 모르겠어. 삼촌 배에는 잉에보르라는 이름이 씌어 있어. 엄마를 생각해서 지은 거야."

안네마리가 말했다.

엘렌은 주변을 둘러보았다.

"배는 항상 여기다 둬? 바다로 떠내려가지 않게 꼭 묶어서."

안네마리는 웃음을 터뜨렸다.

"아니야. 시내 항구에 큰 부두가 있어서 고기잡이배들은 다 거기로 드나들어. 잡은 생선도 모두 그곳에다 부려 놓지. 너도 냄새를 맡을 수 있을걸! 밤이 되면 배들은 다 항구에 정박해."

"안네마리! 엘렌!"

들판 저 건너편에서 엄마 목소리가 들렸다. 둘은 고개를 들어 자기들을 향해 손을 흔들고 있는 엄마를 보았다. 아이들은 신발을 주워 들고 집 쪽으로 걸어갔다. 돌이 가득한 바닷가에 편안하게 자리 잡고 누워 있던 고양이도 벌떡 일어나서 그들 뒤를 따랐다.

"엘렌한테 바다 구경을 시켜 주었어요."

엄마가 기다리고 있는 곳에 이르자 안네마리가 늘어놓았다.

"그렇게 가까이에서 바다를 본 적이 없었대요. 발만 살짝 담가 봤는데 물이 너무 차갑던데요? 여름이라면 수영을 할 수도 있었을 텐데."

"여름도 춥긴 하지."

엄마가 말했다. 그러고는 주변을 살폈다.

"아무도 안 만났지? 누구랑 얘기하지도 않았지?"

안네마리는 고개를 가로저었다.

"그냥, 고양이하고만요."

엘렌은 고양이를 안아 올려 팔에 보듬고 머리를 쓰다듬어 주며 상냥하게 대답했다.

"조심해야 해. 여기 있는 동안 다른 사람들을 만나지 마라."

"이 근처에 누가 있기나 하나요?"

안네마리가 엄마를 일깨워 주었다.

"그렇더라도 조심해야 해. 만약 사람들과 마주치면 네가 아는 삼촌 친구라도 얼른 집 안으로 들어가는 게 좋겠다. 엘렌이 누구인지 설명하기도 마땅치 않고, 위험하기도 하고."

엘렌은 엄마를 올려다보고 입술을 깨물었다.

"여기에는 군인들이 없죠?"

엄마는 한숨을 쉬었다.

"어디에나 있지. 요즘 같은 때는 더해. 상황이 정말 좋지 않아. 자, 이제 가서 저녁 준비하는 걸 도와줄래? 삼촌이 곧 집에 오실 거야. 거기 있는 계단을 조심해라, 삐그덕거리니까. 그런데 그동안 내가 뭐 했는지 아니? 사과잼을 만들 수 있을 만큼 사과가 많이 있더구나. 설탕은 없어도 사과가 달아서 괜

76

찮을 거야. 삼촌이 생선을 몇 마리 가져올 테고, 불 지필 장작
도 있고. 그러니까 오늘 밤에 우린 잘 먹고 따뜻하게 보낼 수
있을 게다.”

“그럼, 안 좋은 때는 아니네요? 사과잼까지 있다면.”

안네마리가 말했다.

엘렌은 고양이 머리에 뽀뽀를 한 뒤 땅으로 뛰어내리게 고
양이를 놓아주었다. 고양이는 쏜살같이 달려 수풀 속으로 사
라져 버렸다. 아이들은 엄마를 따라 집 안으로 들어갔다.

그날 밤, 안네마리와 엘렌은 엄마가 어렸을 때 쓰던 2층 작
은 방에서 잘 준비를 했다. 키르스티는 복도 건너편 방에서
할아버지, 할머니가 쓰던 커다란 침대에서 이미 잠들었다.

엘렌은 엄마가 챙겨 준 안네마리의 꽃무늬 잠옷을 입고 나
서 목을 만져 보았다.

“내 목걸이는 어디 있지? 어디다 두었니?”

“안전한 곳에 숨겨 놓았어. 아무도 찾아내지 못할 만큼 아
주 비밀스러운 장소에. 목걸이를 다시 해도 괜찮은 날이 올
때까지 내가 거기 숨겨 놓을게.”

엘렌은 고개를 끄덕이고 나서 목걸이에 대해 말했다.

“그건 내가 아주 어렸을 때 아빠한테 받은 거야.”

엘렌은 낡은 침대 가장자리에 걸터앉아 손으로 이불을 쓸
어 내렸다. 이제는 색이 다 바랬지만 오래전에 안네마리 증조
할머니가 꽃과 새를 직접 수놓아 만든 이불이다.

“우리 엄마하고 아빠가 어디 계신지 알았으면 좋겠어.”

엘렌이 새 문양을 손가락으로 만지며 조그맣게 말했다.

안네마리는 무슨 말을 해야 할지 몰라서, 그저 엘렌의 손을 어루만지며 아무 말도 하지 않은 채 가만히 앉아 있었다. 창문 너머로 창백한 하늘에 둥근 달이 구름을 뚫고 나오는 것이 보였다. 스칸디나비아반도의 밤은 아직 그렇게까지 어둡지는 않았다. 곧 겨울이 닥치면 밤은 더 어둡고 길어질 테고, 오후 늦게부터 다음 날 아침까지 밤이 이어질 것이다.

아래층에서는 새로운 소식을 주고받는 엄마와 헨리크 삼촌의 목소리가 들려왔다. 안네마리는 엄마가 꽤 오랫동안 삼촌을 보지 못해 무척 보고 싶어 했다는 것을 알고 있었다. 엄마와 삼촌은 아주 친한 사이였다. 엄마는 항상 삼촌이 결혼하지 않은 것을 기분 상하지 않을 만큼만 놀렸고, 함께 모일 때는 아직도 집 안을 깨끗하게 정돈해 줄 좋은 아내를 못 찾았느냐며 놀리곤 했다. 삼촌도 엄마를 놀리면서 삼촌 혼자서 잡다한 일을 다 하지 않게 길렐라이에에 와서 같이 살자고 말하곤 했다.

잠시 안네마리는 모든 것이 옛날 같다는 생각이 들었다. 잘 시간이 훨씬 지나서야 아이들은 침대로 들어가고 어른들은 아래층에서 이야기를 두런거리던 예전의 행복했던 시절.

하지만 이제는 다르다. 예전에 안네마리는 늘 귓가에 스치는 웃음소리를 듣곤 했는데, 오늘 아래층에서는 그런 소리는 아예 들리지 않았다.

누군가 세상을 떠났다

새벽 몽롱한 잠결에 안네마리는 삼촌이 일어나서 집 밖으로 나가 우유통을 들고 외양간으로 가는 기척을 느꼈다. 그리고 잠시 잠들었다 깨니 아침이었다. 밖에서 새들이 지저귀는 소리가 들렸다. 한 마리는 창문 옆에 있는 사과나무에서 노래를 부르고 있었다. 엄마가 아래층 부엌에서 키르스티와 이야기하는 소리도 들렸다.

엘렌은 아직도 자고 있었다. 군인들이 코펜하겐의 아파트에 들이닥쳤던 어젯밤 일이 아주 오래전에 일어난 일인 것만 같았다. 안네마리는 친구가 깨지 않도록 조용히 일어났다. 옷을 입고 좁고 굽은 계단을 내려가니, 키르스티는 부엌 바닥에 꿇어앉아 그릇에 담긴 물을 회색 고양이한테 먹이려고 엄청 애쓰고 있었다.

안네마리가 말했다.

"바보, 고양이는 우유를 좋아하지, 물은 싫어해."

"난 지금 이 고양이한테 새로운 습관을 가르치는 중이야."

키르스티는 아주 중요한 일을 한다는 듯 말했다.

"얘 이름을 토르라고 지었어. 천둥의 신이야."

안네마리는 웃음을 터뜨렸다. 키르스티가 고양이 머리를 물그릇 속으로 밀어 넣으려 하자 고양이는 수염이 물에 젖는 게 싫은지 머리를 흔들어 댔다.

"천둥의 신이라고? 천둥 치면 도망가서 숨게 생겼다."

안네마리가 놀렸다.

"어딘가에 이 고양이를 달래 줄 엄마 고양이가 있을 것 같아. 젖이 먹고 싶을 때마다 걔는 엄마 고양이를 찾을 거야."

엄마가 말했다.

"소한테 달래도 되잖아."

키르스티가 말했다.

농부였던 부모님과는 달리 헨리크 삼촌은 농사를 짓지 않았다. 그 대신 들판에서 한가롭게 풀을 뜯어 먹고 날마다 우유를 조금 내주는 소 한 마리만 키우고 있었다. 덕분에 가끔씩이나마 코펜하겐에 있는 누이에게 치즈를 보낼 수 있었다. 안네마리는 엄마가 오늘 아침 식사로 오트밀을 마련했다는 것을 알고는 기뻤다. 식탁 위에는 크림까지 한 통 있었다. 크림을 맛본 지 얼마나 오래되었는지…. 집에서는 아침마다 빵과 차만 마셨는데.

엄마는 안네마리 눈이 크림병으로 향하는 것을 보며 말했다.

"블라섬(꽃이라는 뜻, 소 이름)한테서 막 짠 거야. 삼촌은 배 타러 가기 전에 아침마다 우유를 짜거든. 그리고 버터도 좀 있어. 보통 때는 삼촌도 엄두를 못 내는데, 이번에는 어떻게 좀 숨겨 둘 수 있었다는구나."

"숨기다니요? 누구한테서 숨겨요?"

꽃무늬 그릇에 담긴 오트밀을 먹다 말고 안네마리가 농담처럼 물었다.

"설마 군인들이 버터까지? 그 말이 뭐더라… 재배치하는 건 아니겠죠?"

엄마는 슬픈 미소를 지으면서 "그렇단다" 하고 대답했다. 그건 농담이 아니었다.

"정말 그래. 농부들이 만든 버터를 모두 걷어다가 자기네 군인들 배 속에다 갖다 넣는 거지! 삼촌이 이렇게 조금이라도 숨긴 것을 알면 아마 당장에 총을 들고 달려올 거다!"

군인들한테 체포당해 산더미처럼 쌓인 버터가 벌벌 떠는 모습을 엄마와 안네마리가 번갈아 가며 생생하게 그려 내며 웃음을 터뜨리자 키르스티도 따라 웃었다. 키르스티가 잠깐 한눈을 판 사이에 고양이는 쏜살같이 달아나 창턱에 올라앉았다. 여기 햇살이 드는 부엌이 있고, 병에 담긴 크림이 있고, 문 옆 사과나무에는 새가 앉아 있고, 카테가트해협 맑고 푸른 바다에서 헨리크 삼촌이 은빛 물고기가 가득한 그물을 걷어 올리고 있는데, 갑자기 총을 든 음울한 군인들이라니. 이건 어둠 속에서 아이들을 무섭게 만들려는 유령 이야기와 다르지 않다.

엘렌이 아직 잠이 덜 깬 눈으로 미소를 지으며 부엌으로 들어왔다. 엄마는 김이 오르는 오트밀을 한 그릇 더 담아 낡은 나무 식탁 위에 올려놓았다.

"크림도 있어."

크림병을 보라는 눈짓을 하며 안네마리가 씩 웃었다.

하늘은 청명하고 햇살은 환했다. 아이들은 하루 종일 밖에서 놀았다. 안네마리는 외양간 뒤쪽의 작은 들판으로 엘렌을 데려가 블라섬을 보여 주었다. 엘렌이 머뭇거리면서 손을 내밀자 소는 거칠거칠한 혀로 엘렌의 손을 느릿느릿 핥았다. 고양이는 풀밭을 헤집으면서 날벌레들을 쫓아다녔다. 쌀쌀한 초가을날이라 이제는 누렇게 시들어 버린 들꽃을 아이들이 한 아름 꺾어와 이 병 저 병에 꽂아 식탁 여기저기에 놓자 식탁은 꽃으로 꽉 찼다.

엄마는 삼촌이 사방을 어질러 놓고 정리할 줄은 모른다고 혀를 차면서 열심히 집 안을 쓸고 닦았다. 그러고는 작은 양탄자를 갖고 나와 빨랫줄에 걸어 놓고 작대기로 두들겼다. 먼지가 가득 피어올랐다.

"아내가 있어야 해."

엄마는 고개를 절레절레 흔들면서 말하고는 양탄자를 햇볕과 바람에 말리는 동안 낡은 나무 바닥을 쓸었다.

"세상에, 이것 좀 봐! 먼지를 한 번도 닦지 않았구나."

오래된 가구가 들어찬 응접실 문을 열어 보고 엄마가 한숨을 내쉬었다. 그러고는 걸레를 들더니 키르스티에게 일렀다.

"키르스티야, 천둥의 신이 부엌 바닥 구석에 빗줄기를 조금 뿌려 놓았단다. 고양이를 잘 좀 봐라."

오후 늦게 헨리크 삼촌이 집에 돌아왔다. 막 청소를 마친 뒤라서 반짝거리는 집과 문을 활짝 열어 놓은 응접실, 햇볕에 널어 놓은 양탄자 그리고 잘 닦인 창문을 보고 삼촌은 싱긋 웃었다.

"넌 아내가 있어야 한다니까!"

엄마가 삼촌을 야단쳤다. 삼촌은 웃음을 터뜨리며 부엌문 근처 계단에 서 있는 엄마에게로 갔다.

"누나가 있는데 아내가 왜 필요하우?"

삼촌이 큰 소리로 말했다. 엄마는 한숨을 쉬었지만 눈은 반짝거리고 있었다.

"집을 잘 간수하려면 집에 좀 붙어 있어야지. 계단은 부서지고 부엌 수도관은 새고…."

삼촌은 귀찮다는 듯 머리를 흔들면서 엄마를 보고는 멋쩍게 웃었다.

"그리고 다락엔 쥐가 있고, 내 고동색 스웨터 소매에는 좀이 슬어 큰 구멍이 나 있고, 만약 내가 창문을 닦지 않으면…."

삼촌이 줄줄이 늘어놓자 엄마가 웃음을 터뜨렸다.

"어쨌거나 내가 창문을 다 열어 놓았다. 헨리크, 공기와 햇볕이 좀 들어오게 해라. 날씨가 얼마나 좋냐."

"내일은 낚시하는 날이 될 거예요."

웃음기 없는 얼굴로 헨리크 삼촌이 말했다.

이 말을 들으며 안네마리는 이상한 문장이라는 생각이 들었다. 아빠는 전화에다 대고 이렇게 말했다. "헨리크, 낚시하기에 좋은 날씨인가?" 그게 무슨 뜻이었을까? 삼촌은 비가 오든, 날이 개든, 날마다 고기를 잡으러 나가는데. 덴마크의 어부들은 굳이 좋은 날씨를 기다려서 바다에 배를 띄우고 그물을 던지지 않는다. 안네마리는 사과나무 아래에서 엘렌과 조용히 앉아 삼촌을 지켜보았다.

엄마가 삼촌을 바라보며 물었다.

"날씨는 괜찮니?"

삼촌은 고개를 끄덕이고는 하늘을 올려다본 뒤 공기 냄새를 맡았다.

"저녁 먹고 오늘 밤에 다시 배로 갈 거예요. 우린 아침 일찍 떠나려고 해요. 오늘 밤 내내 배에 있어야겠어요."

안네마리는 밤새도록 배에 타고 있으면 어떤 기분이 들지 궁금했다. 뱃전에 물살이 철썩이는 소리를 듣는 기분, 바다 위에 떠서 별을 쳐다보는 그 기분은 어떨까.

"참, 방은 다 준비되었나요?"

삼촌이 갑자기 물었다. 엄마가 고개를 끄덕였다.

"청소도 해 놓았고, 공간을 좀 넓히려고 가구도 조금 옮겨 놓았어. 그리고 꽃도 있단다. 난 생각도 못 했는데 아이들이 들에서 마른 꽃을 꺾어 왔어."

"무슨 준비요? 왜 가구를 옮겼어요?"

안네마리가 물었다.

엄마는 삼촌을 바라보았다. 삼촌은 마침 그 옆을 지나가던 고양이를 가슴에 끌어안고 턱을 부드럽게 긁어 주었다. 고양이는 기분이 좋아져서 조그만 등을 활처럼 구부렸다.

"자, 얘들아. 좀 슬픈 일이 있는데, 그렇게까지 슬픈 일은 아니야. 왜냐하면 아주 나이 드신 분 이야기거든. 고모할머니인 비르테 할머니가 세상을 떠나셨단다. 내일 땅에 묻기 전에 관을 여기 응접실에 갖다 놓을 거야. 거기서 쉬실 수 있게. 돌아가신 분이 땅에 묻히기 전에 집에서 쉬면서 사랑하는 사람들과 함께 시간을 보내는 것이 우리 관습인 건 알지?"

키르스티는 재미있는 일이 생겼다는 표정으로 듣고 있다가 물었다.

"여기요? 시신을 바로 여기에?"

안네마리는 아무 말도 하지 않았다. 도무지 종잡을 수가 없었다. 가족 중에 누군가 죽었다는 소리를 듣기는 이번이 처음이었다. 누가 죽었다고 코펜하겐으로 전화한 사람도 없었을 뿐더러 그 누구도 슬퍼 보이지 않았다.

그리고 제일 이상한 건 비르테 고모할머니라는 이름을 들은 적이 없다는 점이다. 친척 중에 그런 할머니가 있었다면 안네마리는 분명히 알고 있었을 것이다. 키르스티는 모를지도 모른다. 동생은 어리고 그런 일에는 관심조차 없으니까.

하지만 안네마리는 달랐다. 엄마의 어린 시절 이야기를 좋아했다. 그래서 안네마리는 모든 사촌들과 고모들과 작은할아버지들의 이름을 기억한다. 누가 놀림감이었는지, 누가 깍쟁이였는지, 누가 날마다 바가지를 긁어 댔는지…. 안네마리는 다양한 성격을 가진 외가 친척들 이야기를 재미있게 듣곤 했다.

그러나 지금, 안네마리는 아무 말도 하지 않았지만 확실히, 정말 확실히 알고 있었다. 비르테 고모할머니라는 사람은 처음부터 이 세상에 없었다는 것을.

거짓말

안네마리는 저녁을 먹고 나서 혼자 밖으로 나갔다. 열린 부엌 창문 너머로 엄마와 엘렌이 설거지를 하며 이야기하는 소리가 들렸다. 키르스티는 옛날에 엄마가 가지고 놀던 낡은 인형을 2층에서 찾아내 마루에서 갖고 노느라 정신 없을 것이다. 고양이는 키르스티가 옷을 입히려고 하자 재빨리 도망가서 눈에 띄지 않았다.

안네마리는 헨리크 삼촌이 블라섬의 우유를 짜고 있는 외양간 쪽으로 나풀나풀 걸어갔다. 삼촌은 짚이 깔린 바닥에 무릎을 꿇고 어깨로는 묵직한 소의 무게를 받치고, 두 손으로는 통 안으로 우유가 제대로 들어가도록 박자를 맞춰 우유를 짜고 있었다. '천둥의 신'이 가까이에서 우유 짜는 모습을 지켜보며 다분히 경계하는 자세로 웅크리고 있었다.

블라섬은 커다란 갈색 눈을 들어 안네마리를 쳐다보고는

틀니를 끼우고 있는 할머니처럼 주름진 입을 우물거렸다.

안네마리는 낡은 외양간 나무벽에 기대서서 우유가 좌악 좌악 나오면서 통 가장자리에 부딪칠 때 나는 소리를 듣고 있었다. 헨리크 삼촌은 얼핏 안네마리를 보았지만 박자에 맞춰 계속 우유를 짜면서 그저 싱긋 웃기만 할 뿐 아무 말도 하지 않았다.

분홍색으로 물든 석양빛이 외양간 창문을 지나 쌓아 놓은 건초 더미에 닿아 일렁였다. 먼지와 지푸라기가 그 빛줄기를 타고 풀풀 날아다녔다.

"헨리크 삼촌, 삼촌은 저한테 거짓말을 하고 있어요. 엄마도 마찬가지고요."

안네마리가 갑자기 말을 던졌다. 쌀쌀맞은 목소리였다.

삼촌은 마치 맥박이 뛰듯 일정하게 소 젖을 누르는 힘찬 손놀림을 멈추지 않았다. 우유가 박자에 맞춰 흘러나오고 있었다. 삼촌이 무슨 일이냐는 표정으로 안네마리를 쳐다보았다.

"너 화났구나?"

"네. 엄마는 지금까지 저한테 거짓말한 적이 없었어요. 한 번도요. 하지만 전 알아요. 비르테 고모할머니라는 분은 없다는걸. 여태껏 들었던 이야기들을 되살려 봐도, 이제까지 봤던 옛날 사진들을 떠올려 봐도 비르테 할머니라는 분은 없어요."

삼촌은 한숨을 쉬었다. 블라섬이 '거의 다 끝났는데'라고 말하는 듯 삼촌을 돌아보았다. 우유 줄기는 점점 줄어들고 속

도도 느려졌다.

삼촌은 부드러우면서도 단단하게 소를 꽉 잡고 마지막으로 한 번 더 젖을 짰다. 반쯤 찬 통은 우유 거품으로 보글거렸다. 삼촌은 이제 통을 옆으로 밀어 놓고 깨끗한 젖은 수건으로 소의 젖꼭지를 잘 닦아 주었다. 그리고 우유통을 선반 위에 올려놓고 뚜껑을 덮었다. 이 일을 다 마치고 나서야 삼촌은 수건으로 손을 닦으면서 안네마리 쪽으로 얼굴을 돌렸다.

"안네마리야, 넌 네가 얼마나 용감하다고 생각하니?"

삼촌이 갑자기 물었다. 안네마리는 깜짝 놀랐으나 금세 아쉬운 마음이 들었다. 그건 듣고 싶지 않은 질문이었다. 전에 혼자 속으로 물은 적이 있었는데, 그 답이 마음에 들지 않았으니까.

"별로 용감하지 않아요."

안네마리는 외양간 바닥으로 눈길을 떨구고 말했다.

키가 큰 헨리크 삼촌은 안네마리와 눈을 맞추려고 꿇어앉았다. 그의 뒤에서 블라섬이 고개를 숙이고 마른풀을 한 입 먹고 우물거렸다. 고양이는 고개를 바짝 들고 흘린 우유를 어떻게 좀 얻어먹을까 하며 여전히 기다리고 있었다.

"그 대답은 진짜가 아닌 것 같은데? 넌 엄마 아빠도 닮고 나도 닮았어. 겁이 많긴 하지만 아주 결단력이 있지. 용감해야 할 상황이 닥치면 넌 아마 아주아주 용감할 거라고 믿어. 하지만….."

삼촌이 말했다.

"네가 만약 아무것도 모르면 용감해지기가 한결 쉽지. 너희 엄마도 다 아시는 건 아니야. 나도 그렇고. 우린 알아야 할 만큼만 알고 있어. 내가 무슨 말을 하는지 알아듣겠니?"

안네마리의 눈을 바라보며 말했다. 안네마리는 얼굴을 찌푸렸다. 뭐가 뭔지 잘 모르겠다. 용감하다는 건 무슨 뜻이지? 아주 오래전 일은 아니지만, 그래도 지금 생각에는 먼먼 옛날 같은 날, 군인이 자기를 길거리에 세워 놓고 뻣뻣한 목소리로 질문을 던졌던 그날이 생각났다. 그때는 아주 무서웠다.

그리고 그때도 안네마리가 모든 상황을 다 알고 있었던 것이 아니었다. 독일인들이 유대인을 끌고 가려 한다는 것도 몰랐으니까. 그날 군인이 엘렌을 힐끗 가리키며 엘렌의 이름을 물었을 때는 무섭기는 했지만 대답할 용기는 있었다. 만약 그때 모든 것을 알고 있었다면 그렇게 용감하지 못했을 것이다.

안네마리는 이제 삼촌의 말을 조금이나마 알 것 같았다. 그래서 삼촌에게 말했다.

"네. 이제 좀 알 것 같아요."

"네 생각이 맞았어. 비르테 고모할머니라는 분은 안 계셔. 엄마가 네게 거짓말을 했지. 나도 그랬고. 우린 네가 용감해질 수 있도록 도와주려고 그랬던 거야. 왜냐하면 널 사랑하니까. 거짓말한 걸 용서해 주겠니?"

삼촌이 말했다. 안네마리는 고개를 끄덕였다. 갑자기 나이를 더 먹은 것 같았다.

"그리고 바로 그 이유 때문에 너한테는 더 말해 주지 않을 거야. 이해하겠니?"

안네마리는 다시금 고개를 끄덕였다. 갑자기 밖이 술렁거렸다. 헨리크 삼촌의 어깨가 긴장으로 빳빳해졌다. 그는 얼른 일어나 외양간 창문 쪽으로 가서 그늘진 곳에 서서 밖을 내다보고는 안네마리를 돌아다보았다.

"영구차가 왔구나. 비르테 고모할머니시다. 실제로는 없는 분이지만."

삼촌은 입꼬리를 올리며 웃었다.

"자, 이제 우리는 애도를 하며 밤을 보내야 해. 준비됐지?"

안네마리는 삼촌의 손을 꼭 잡았다. 둘은 외양간에서 나왔다.

*

연한 색깔의 나무 관이 응접실 한가운데에 있는 받침대 위에 자리 잡고 있었다. 그날 오후에 안네마리와 엘렌이 꺾어다 놓은, 종잇장처럼 말라 버린 연약한 꽃들이 주위에 놓여 있었다. 탁자 위의 촛불이 깜박거리면서 희미한 빛을 던졌다. 엄숙한 얼굴로 집 안까지 관을 들고 온 사람들은 삼촌과 몇 마디 나눈 뒤 서둘러 영구차를 타고 떠났다.

이제 자기도 다 컸다고 여기는 키르스티는 꽉 닫힌 나무 관 안에 들어 있는 죽은 사람을 본 적이 없었기 때문에, 다른 사람들처럼 깨어 있고 싶은데도 억지로 자라고 등을 떠밀리자 툴툴거렸다. 하지만 엄마는 단호했다. 마침내 키르스티는 잔

뚝 골이 난 표정으로 한 손에는 인형을, 다른 한 손에는 고양이를 안은 채 쿵쿵 소리를 내며 2층으로 올라갔다.

엘렌은 슬픈 표정으로 조용히 앉아 있었다.

"비르테 할머니께서 돌아가셔서 슬프시겠어요."

안네마리는 엘렌이 엄마에게 말하는 소리를 들었다. 엄마는 울적한 미소를 짓고 고맙다고 했다.

안네마리는 이 모든 이야기를 들으면서 한마디도 하지 않았다. 그러고 보니 나도 제일 친한 친구에게 거짓말을 하고 있는 거잖아. 엘렌에게 이건 진짜가 아니라고, 비르테 고모할머니라는 분은 존재하지 않는다고 말해 줄 수도 있어. 엘렌이 슬퍼하지 않도록 옆으로 살짝 데려가서 이 비밀을 속삭여 줄 수도 있어.

하지만 안네마리는 그러지 않았다. 엄마가 자기를 보호하듯이 자기도 엘렌을 보호하고 있다는 것을 스스로 깨달았다. 어떤 일이 일어나고 있는지, 왜 관이 거기 놓여 있는지, 그 안에 누가 있는지 전혀 모르지만, 관 속에 고모할머니가 있다고 엘렌이 믿고 있는 편이 더 낫고 더 안전하다는 것을 알고 있었다.

밤하늘이 점점 더 어두워지면서 사람들이 모여들기 시작했다. 잠든 아기를 안은 어떤 아줌마와 아저씨가 칙칙한 옷차림으로 문가에 나타나자 삼촌은 안으로 들어오라는 몸짓을 했다. 그들은 엄마와 아이들에게 고개를 한 번 까딱하고는 삼촌을 따라 거실로 들어와 조용히 앉았다.

"비르테 고모할머니를 아시는 분들이란다."

안네마리가 궁금해하자 엄마가 낮은 목소리로 말해 주었다. 안네마리는 엄마가 또 거짓말을 하고 있다는 것을 알아챘다. 그리고 자기의 마음속을 엄마 또한 알고 있다는 것을 느꼈다. 그들은 오랫동안 서로 눈을 마주쳤으나 아무 말도 하지 않았다.

아기가 칭얼거리며 보채는 소리가 거실 쪽에서 들렸다. 안네마리가 문틈으로 언뜻 보니 아줌마는 웃옷을 헤치고 아기에게 젖을 먹이고 있었다. 아이의 울음소리는 곧 잦아들었다.

남자가 한 명 더 왔다. 수염이 난 노인이었다. 자기에게 슬쩍 눈길을 주는 다른 사람들에게 아무 말도 하지 않은 채, 노인은 조용히 거실로 가서 앉았다. 아줌마는 아기의 담요를 들어 아기 얼굴과 자기 젖가슴을 가렸다. 노인은 마치 기도하는 듯이 머리를 앞으로 수그리고 눈을 감았다. 그리고 아무에게도 들리지 않는 말을 조용히 중얼거렸다.

안네마리는 문가에 서서 거실에 앉아 있는 조문객들을 지켜보았다. 그러고 나서 부엌으로 들어가 음식을 마련하는 엄마와 엘렌을 도왔다.

안네마리는 기억을 떠올려 보았다. 리세 언니가 죽었을 때 코펜하겐에서는 사람들이 저녁마다 집으로 찾아왔다. 음식을 만들지 않도록 자기들이 음식을 싸 가지고 왔던 것이다.

그런데 왜 이 사람들은 음식을 가져오지 않았을까? 왜 아무도 이야기를 하지 않는 걸까? 코펜하겐에서는 비록 슬픈 이야기이긴 해도 서로 말을 주고받았고, 엄마와 아빠에게도 부드러운 목소리로 말을 건넸다. 그들은 행복했던 순간을 기억하며 리세 언니에 대해 이야기했다.

부엌에서 치즈를 썰면서 그런 생각을 하는 동안 안네마리는 사람들이 아무 이야기도 나누지 않는다는 것을 깨달았다. 애초에 비르테 고모할머니는 존재하지 않았던 사람이니 그분의 행복했던 옛 시절을 떠올릴 수 없는 것이다.

헨리크 삼촌이 부엌으로 들어왔다. 삼촌은 먼저 시계를 보고 나서 엄마를 쳐다보았다.

"어두워지고 있어요. 나는 배로 가 봐야겠어요."

삼촌은 걱정스러운 표정이었다. 그는 불빛이 보이지 않도록 아예 촛불들을 다 꺼 버렸다. 그리고 문을 열고 사과나무 저편의 어둠 속을 바라보았다.

"됐어. 저기 오시네. 엘렌, 날 따라와라."

삼촌이 안도의 빛을 보이며 낮은 목소리로 말했다.

엘렌은 고개를 갸웃하고 엄마를 쳐다보았다. 엄마는 고개를 끄덕였다.

"삼촌을 따라가 보렴."

안네마리는 한 손에 딱딱한 치즈 조각을 들고서 엘렌이 삼촌을 따라 마당으로 나가는 것을 지켜보았다. 그리고 곧이어 엘렌이 목소리를 억누르며 찢어질 듯이 우는 소리와 부드럽게 이야기하는 목소리를 들었다.

곧 삼촌이 되돌아왔다. 그 뒤에는 페테르가 서 있었다.

오늘 밤에는 페테르가 먼저 엄마에게로 가서 엄마를 껴안았다. 그리고 안네마리를 껴안고 볼에 뽀뽀해 주었다. 그러나 아무 말도 하지 않았다. 오늘 밤 그의 다정한 태도에는 즐거움은 없고 급박함과 걱정스러움만 묻어 있었다. 그는 곧장 거실로 가서 한번 둘러보고는 거기 조용히 앉아 있는 사람들에게 고개를 끄덕였다.

엘렌은 여전히 밖에 있었다. 그러나 잠시 후에 문이 열리며 안으로 들어왔다. 꼬마처럼 자기 아빠 품에 꼭 안겨 다리를 흔들거리면서. 엘렌의 엄마도 함께였다.

왜 관 뚜껑을 열지 않소?

"모두들 여기 계시는군요."

헨리크 삼촌이 거실을 둘러보며 말했다.

"전 이제 가 봐야겠어요."

안네마리는 복도 쪽 문가에 서서 안을 들여다보았다. 아기
는 이제 잠이 들었고, 아기 엄마는 피곤해 보였다. 아기의 아
빠는 아내의 어깨에 팔을 두르고 옆에 앉아 있었다. 노인은
여전히 머리를 숙인 채였다.

페테르는 팔꿈치를 무릎에 대고 수그린 채 혼자 앉아 있었
다. 그는 깊은 생각에 잠긴 듯했다.

엘렌은 자기 엄마와 아빠 사이에서 엄마 손을 꼭 잡고 소파
에 앉아 있었다. 안네마리를 바라보았지만 웃지는 않았다. 안
네마리는 슬픔이 밀려오는 것을 느꼈다. 둘 사이의 우정의 끈
이 끊어진 것은 아니지만 엘렌이 자기 가족만의 세계, 무엇이

펼쳐질지 알 수는 없지만 자기와는 다른 세계로 가 버린 듯한 기분이 들었다.

헨리크 삼촌이 떠날 채비를 하자 노인이 갑자기 일어나서 낮지만 분명한 목소리로 말했다.

"하느님이 당신을 안전하게 지켜 주실 겁니다."

삼촌은 고개를 끄덕이며 대답했다.

"하느님이 우리 모두를 안전하게 지켜 주실 겁니다."

그리고 삼촌은 몸을 돌려 방을 나갔다. 잠시 뒤에 안네마리는 삼촌이 집을 나서는 소리를 들었다.

엄마는 부엌에서 찻주전자와 잔을 준비했다. 안네마리는 엄마를 도와 사람들에게 잔을 나누어 주었다. 아무도 입을 열지 않았다.

"안네마리야, 졸리면 가서 자라. 밤이 너무 깊었다."

엄마가 복도에서 속삭였다. 안네마리는 피곤했지만 고개를 저었다. 엘렌도 피곤해 보였다. 엘렌은 로센 부인 어깨에 머리를 기댄 채 졸린 듯 눈을 감았다 뜨곤 했다.

잠시 뒤 안네마리는 거실 구석에 있는 흔들의자에 가서 부드럽고 폭신한 쿠션에 머리를 대고 몸을 구부린 채, 졸기 시작했다.

안네마리는 반쯤 잠들었다가 얄따란 커튼을 뚫고 쏟아져 들어오는 자동차 전조등 불빛에 놀라 깨어났다. 차 문이 열렸다가 쾅 닫히는 소리가 났다. 거실에 있던 모든 사람들이 긴장했다. 그러나 아무도 말을 꺼내지 않았다.

안네마리는 문을 두들기는 소리, 부엌 바닥을 저벅저벅 울리는 발소리를 들었다. 마치 악몽이 다시 떠오르는 듯했다. 아기 엄마가 헉, 숨을 몰아쉬더니 갑자기 흐느끼기 시작했다.

부엌에서 어색한 억양의 남자 목소리가 크게 들렸다.

"우리는 오늘 밤 이 집에 많은 사람들이 모이는 것을 목격했소. 상당히 수상하군요. 도대체 무슨 일이오?"

"세상을 떠난 분이 계십니다."

엄마는 차분하게 대답했다.

"가족 중에 누군가 세상을 뜨면 함께 모여 애도하는 것이 우리 관습입니다. 당신들도 우리 관습을 알고 계실 텐데요?"

장교들 중 하나가 부엌에서 앞을 가로막고 있는 엄마를 밀치고 거실로 들어왔다. 다른 장교들이 그 뒤를 따랐다. 그들은 꽤 넓은 문간을 꽉 채웠다. 여느 때처럼 그들의 군화는 번쩍거렸다. 총도, 헬멧도, 모든 것이 촛불 아래서 번쩍거렸다.

장교는 거실을 둘러보더니, 한참 동안 관을 내려다보았다. 그러고 나서 한 사람씩 차례차례 뚫어져라 쳐다보았다. 이윽고 군인의 시선이 안네마리를 향했다. 안네마리는 눈을 돌리지 않고 그를 똑바로 쳐다보았다.

"죽은 사람이 누구냐?"

몹시 거슬리는 말투로 물었다. 아무도 대답하지 않았다. 사람들이 안네마리를 쳐다보았다. 그제야 안네마리는 장교가 자신에게 물어본 것임을 깨달았다.

안네마리는 비로소 헨리크 삼촌이 외양간에서 자기에게

한 말의 의미를 확실하게 알 수 있었다. 용감해진다는 건 아무것도 모를 때 더 쉬운 법이다.

안네마리는 침을 꼴깍 삼켰다.

"저희 비르테 고모할머니요."

거짓말이었지만 확고한 목소리였다.

장교는 갑자기 거실을 가로질러 관 쪽으로 가더니 장갑 낀 손을 관 뚜껑에 댔다.

"참 안됐군."

그가 짐짓 생색내는 듯한 목소리로 말했다.

"나도 당신들의 관습을 알고 있소."

그가 여전히 문가에 서 있는 엄마 쪽으로 시선을 옮기면서 말했다.

"그런데 나는 사랑하는 고인의 얼굴을 직접 보면서 애도를 표하는 것이 여기 관습이라고 알고 있소. 그런데 왜 관 뚜껑을 이렇게 꽉 닫아 둔 거요? 좀 이상하지 않소?"

그가 주먹을 쥔 손으로 관 뚜껑 가장자리를 슬슬 문질렀다.

"왜 관을 열지 않소? 뚜껑을 열고 비르테 고모할머니의 마지막을 애도합시다."

그가 명령하듯 말했다.

안네마리는 거실 저편의 의자에 앉아 있는 페테르가 굳은 얼굴로 턱을 치켜들고 천천히 한 손을 옆구리로 가져가는 것을 보았다.

엄마가 황급히 거실을 가로질러 곧장 관이 있는 쪽, 다시 말해 장교가 서 있는 쪽으로 걸어왔다.

엄마가 말했다.

"맞는 말씀이에요. 의사는 관을 닫아 놓으라고 했지요. 비르테 아주머니가 티푸스로 돌아가셔서 아직 세균들이 남아 있을지도 몰라서 위험할 거라고 했지만, 다 늙어 빠진 시골 의사가 뭘 제대로 알겠어요? 티푸스균은 시신에 그렇게 많이 남아 있지 않을 거예요! 전 정말 비르테 고모의 얼굴을 다시 한번 뵙고 싶어요. 마지막 입맞춤을 하고 싶어요. 물론 관 뚜껑을 열어야죠! 고마우셔라, 그렇게 말씀해 주시니…."

순간 나치 장교가 느닷없이 엄마의 얼굴을 바람처럼 한 대 갈겼다. 엄마는 뒤로 쓰러질 듯 비틀거렸다. 엄마의 뺨에 벌건 손자국이 남아 있었다.

"이 멍청한 여편네야!"

그가 내뱉었다.

"죽은 당신 아주머니 따위를 우리가 뭣 땜에 봐? 우리가 간 다음에 열엇!"

장교는 장갑을 낀 한쪽 손 엄지손가락으로 촛불을 눌러 껐다. 뜨거운 촛농이 탁자 위로 튀었다.

"촛불을 몽땅 꺼. 아니면 커튼을 내리든지."

그들은 방을 나갔다. 조용히 한 손을 뺨에 댄 채 그 자리에 붙박인 듯 서서 엄마는 제복 차림의 남자들이 집을 떠나는 소리를 들었다. 아니, 모두가 들었다. 차 문이 닫히는 소리, 시동 거는 소리, 마지막으로 자동차가 떠나는 소리….

"엄마!"

안네마리가 울부짖었다. 엄마는 괜찮다는 표정을 짓고는 얇따란 커튼으로 한 겹 가리기는 했지만 여전히 열려 있는 창문으로 눈길을 돌렸다.

안네마리는 깨달았다. 여전히 밖에서는 군인들이 집 안을 지켜보며 귀를 기울이고 있을지도 모른다.

페테르가 일어나 어두운 색 커튼으로 창문을 가리고 꺼진 촛불을 다시 켰다. 그러고 나서 벽난로 선반 위에 놓여 있는 낡은 성경을 집어 들고는 얼른 성경을 펴고 말했다.

"〈시편〉을 한 구절 읽겠습니다."

그리고 아무 데나 펴고서 큰 목소리로 성경을 읽기 시작했다.

> 오, 주님을 찬양할진저.
> 우리 하느님께 시편 노래를 바치는 것은 얼마나 좋으랴!
> 그분께 찬양드리는 것은 얼마나 좋은 일이랴!
> 주님께서 흩어진 이스라엘의 자손들을 모아
> 예루살렘을 다시 짓고 계시니.
> 상한 영혼을 낫게 하시고
> 상처를 봉하시는 분은
> 그분.
> 별들을 하나하나 헤아리시는 분도
> 바로 그분이시니.

엄마는 자리에 앉아 귀를 기울였다. 모여 있는 사람들도 하나둘씩 차츰 긴장을 풀었다. 안네마리는 페테르가 성경 구절을 읽을 때마다 건너편에 앉아 있는 노인의 입술이 달싹거리는 것을 보았다. 노인은 〈시편〉을 다 외우고 있는 것 같았다.

안네마리는 그 성경 구절을 몰랐다. 단어들이 낯설었다. 하지만 듣고, 이해하려고 했다. 전쟁과 나치를 잊어버리려고, 울지 않으려고, 용감해지려고 했다. 커튼이 밤바람에 펄럭거렸다.

밖에는 밤하늘에 무수한 별들이 반짝이고 있을 것이다. 어느 누가 이 〈시편〉처럼 저 별들을 다 헤일 수 있을까? 별은 너무나 많고 하늘은 너무나 넓다.

엘렌은 자기 엄마가 바다를 무서워한다고 말했다. 너무 춥고, 너무 커서.

하늘도 그렇다. 이 모든 세상이 그렇다. 너무 춥고, 너무 크다. 그리고 너무 잔인하다.

모두들 피곤해 보였지만, 페테르는 계속 성경을 읽었다. 몇십 분이 흘렀다. 마치 몇 시간이 흐른 것 같았다.

계속 성경을 읽으면서 페테르는 조용히 창문 쪽으로 다가갔다. 마침내 그는 책을 덮고 조용한 밤에 귀를 기울였다. 그러고는 거실을 둘러보며 말했다.

"자, 이제 시작하지요."

우선 그는 창문을 모두 닫았다. 그리고 나서 관으로 다가가 뚜껑을 열었다.

금방 다시 볼 수 있지,
페테르 오빠?

안네마리는 눈을 깜박거렸다. 어두운 방 건너편에서 엘렌이 놀란 표정으로 기다란 나무 관을 들여다보는 것이 보였다.

관 속에는 시신이 들어 있지 않았다. 대신 담요와 옷들이 가득 차 있는 것 같았다.

페테르는 그것들을 꺼내서 말없이 앉아 있는 사람들에게 나누어 주기 시작했다. 그는 두꺼운 코트를 아기의 부모에게, 그리고 다른 코트는 수염을 기른 노인에게 건네주었다.

"아주 추울 거예요. 이걸 입으셔야 해요."

페테르가 속삭였다.

그는 엘렌의 엄마에게는 두꺼운 스웨터를, 엘렌의 아빠에게는 모직 재킷을 찾아 주었다. 그리고 옷가지를 뒤적거려 어렵게 찾아낸 작은 겨울 잠바를 엘렌에게 건네주었다.

안네마리는 엘렌이 그것을 받아들고 물끄러미 내려다보는

것을 바라보았다. 낡아 빠진 데다 군데군데 다른 천을 덧댄 잠바였다. 요 몇 년 동안 새 옷은 꿈도 못 꿀 일이기는 했지만, 그래도 엘렌 엄마는 딸을 위해 헌 옷을 자르고 고쳐서 새 옷처럼 만들어 주었다. 엘렌은 이렇게 낡은 옷을 입어 본 적이 없었다.

하지만 엘렌은 아무 말 없이 그것을 입고 맞지도 않는 단추를 채웠다.

페테르는 구접스러운 옷들을 두 팔 가득 들고서 젖먹이 아기를 데리고 있는 부부를 쳐다보고는 어렵게 입을 열었다.

"죄송합니다. 아기한테는 줄 게 없네요."

"내가 좀 찾아볼게."

엄마가 얼른 말했다.

"아기를 꼭 따뜻하게 해 줘야 해."

그렇게 덧붙이고는 잠깐 방을 나갔다가 키르스티가 입던 두꺼운 빨간 스웨터를 들고 돌아왔다.

"이걸 입혀요."

엄마는 옷을 건네며 부드럽게 말했다.

"아주 크긴 하지만, 그래도 이걸 입히면 아들이 좀 따뜻해질 거예요."

아기 엄마가 처음으로 입을 열고 속삭였다.

"딸이에요. 여자애랍니다. 이름은 라헬이고요."

엄마는 미소를 지으며 아기 엄마가 아기에게 스웨터를 입히는 것을 도왔다. 두 사람은 따뜻한 빨간 모직 스웨터로 아기를 완전히 감싼 다음 하트 모양의 단추를 채웠다. 하트 단추가 달린 이 스웨터를 키르스티가 얼마나 좋아했던가! 눈썹을 움찔거리긴 했지만 아기는 깨어나지 않았다.

페테르는 주머니를 뒤져 무언가를 꺼내더니 아기 부모에게 다가가 아기를 굽어보았다. 그리고 쥐고 있던 작은 병 뚜껑을 열었다.

"아기 몸무게가 얼마나 나가나요?"

페테르가 물었다.

"태어날 때 3.2킬로그램이었어요."

아기 엄마가 대답했다.

"좀 늘긴 했지만, 많이 늘진 않았어요. 지금은 3.8킬로그램이나 될까? 더 나가진 않을 거예요."

"그럼 몇 방울이면 되겠군요. 특별한 맛이 없으니까 괜찮을 거예요."

아기 엄마는 아기를 꼭 껴안고 "안 돼요" 하고 애원하며 페테르를 올려다보았다.

"우리 애는 밤만 되면 계속 자요. 이 앤 그게 필요 없어요. 제가 보장할게요. 절대로 울지 않을 거예요."

하지만 페테르의 목소리는 단호했다.

"무슨 일이 생기면 안 되잖아요."

그러고 나서 아기의 조그만 입안에 병 꼭지를 넣고 액체를 아기의 혀에 몇 방울 짜 넣었다. 아기는 하품을 하더니 그것을 삼켰다. 아기 엄마가 차마 못 보겠다는 듯 눈을 감아 버리자 남편이 아내의 어깨를 감싸 안았다.

그다음에 페테르는 관에서 담요를 꺼내 하나씩 나눠 주었다.

"이걸 가져가세요. 나중에 몸을 녹이려면 필요할 거예요."

엄마는 방 안을 돌아다니면서 안네마리가 몇 시간 전에 부엌에서 엄마를 도와 마련한 치즈와 빵과 사과가 담긴 작은 꾸러미를 건네주었다.

마지막으로 페테르가 품속에서 종이 꾸러미를 꺼냈다. 그러고는 방 안에 모인 사람들이 두꺼운 겨울옷으로 무장한 모습을 둘러보았다. 그는 로센 씨에게 복도로 나오라고 손짓을 했다.

안네마리는 그들이 이야기하는 것을 귓결에 들을 수 있었다. 페테르가 말했다.

"로센 씨, 이걸 헨리크 씨에게 갖다줘야 하는데 제가 헨리크 씨를 못 볼지도 몰라서요. 전 사람들을 항구까지만 데려다줄 수 있어요. 배까지는 제 안내 없이 가셔야 하거든요. 제가 못 가니까 저 대신 이걸 좀 헨리크 씨에게 전해 주세요. 실수하시면 안 됩니다. 아주 중요한 거예요."

복도에 잠깐 정적이 흘렀다. 안네마리는 페테르가 로센 씨에게 종이 꾸러미를 건네고 있으리라 짐작했다.

안네마리는 방으로 되돌아온 로센 씨의 주머니가 불룩해진 것을 알아차렸다. 게다가 로센 씨가 당황하기도 하고 궁금하기도 한 표정인 것도 알아차렸다. 그는 그 안에 뭐가 들었는지 몰랐지만 물어보지도 않았다.

안네마리는 말하지 않음으로써 서로를 보호하고 있다는 걸 다시금 느꼈다. 만약 로센 씨가 그게 뭔지 알았다면 그는 겁에 질렸을 것이다. 또 위험에 빠졌을지도 모를 일이다. 그래서 그는 물어보지 않았을 테고, 페테르 역시 설명해 주지 않았을 것이다.

"자."

페테르가 시계를 보며 말했다.

"제가 먼저 출발하겠습니다. 가시지요."

그는 노인과 아기를 데리고 있는 젊은 부부에게 손짓했다.

"잉에."

그가 말했다. 안네마리는 예전에는 페테르가 엄마에게 이름을 부른 적이 없었다는 걸 깨달았다. 그전에는 늘 '요한센 부인'이라고 불렀고, 리세와 약혼했던 그 즐겁던 시절에는 '엄마'라고 불렀다. 지금은 잉에라고 불렀다. 그렇게 부르니 마치 청소년기를 지나 이제 어른들의 세계에서 자리를 잡은 것 같았다. 엄마는 고개를 끄덕이고 페테르가 지시할 말을 기다렸다.

"20분쯤 여기서 기다렸다가 엘렌 가족을 데리고 오세요. 일찍 오시면 안 돼요. 눈에 띄지 않으려면 서로 떨어져서 가야만 해요."

엄마는 다시 한 번 고개를 끄덕였다.

"엘렌 가족이 안전하게 헨리크 씨에게 가는 게 보이면 곧

장 집으로 돌아오세요. 잘 아시겠지만, 어둑어둑하고 으슥한
길로 골라 다니세요."

페테르가 말했다.

"엘렌 가족을 배까지 데려다줄 즈음에는 전 이미 떠났을
거예요. 제가 맡은 사람들을 데려다주자마자 다른 데로 가야
하거든요. 오늘 밤에 끝내야 할 일이 또 있어요."

그렇게 말하고는 안네마리 쪽으로 몸을 돌렸다.

"이제 너하고도 작별 인사를 해야겠구나."

안네마리는 다가가 그를 껴안았다.

"하지만 금방 다시 볼 수 있지, 페테르 오빠?"

"그러길 바란다. 정말 곧 보게 되기를. 그동안 너무 많이 자
라지 말아라. 안 그러면 네가 나보다 훨씬 더 커지겠다, 황새
다리야!"

안네마리는 미소를 지었다. 페테르가 던진 말이 예전처럼
가볍게 웃어넘길 만큼 재미나서가 아니다. 이미 사라져 버린
무언가를 잠깐이나마 붙잡고 싶어서였다.

페테르는 아무 말도 하지 않고 엄마에게 입을 맞췄다. 그러
고 나서 엘렌 가족의 안전을 빌어 주고, 먼저 떠날 사람들을
데리고 문을 나섰다.

엄마와 안네마리, 엘렌 가족은 침묵 속에 앉아 있었다. 문
밖이 조금 소란스럽자 엄마가 얼른 일어나 밖에 나가 보았다.
엄마는 곧 돌아왔다.

"별일 아니에요."

사람들이 쳐다보자 엄마가 대답했다.

"할아버지가 좀 비틀거렸을 뿐이에요. 페테르가 얼른 부축해 드렸어요. 어디 다치신 것 같진 않고, 아마 여러 가지로 자존심이 상하셨을 거예요."

엄마는 살풋 웃으며 말했다.

자존심이라, 그건 왠지 어울리지 않는 말이었다. 안네마리는 보기 흉하고 제대로 맞지도 않는 옷을 입고, 팔에는 낡은 담요를 걸친 채 지치고 낙담한 표정으로 앉아 있는 엘렌의 가족을 바라보았다. 그리고 예전의 행복했던 시절의 엘렌 가족을 떠올려 보았다. 로센 아줌마는 단정하게 빗은 머리에 천을 쓰고, 안식일에 켜는 초에 불을 붙이고서 전통 기도문을 외웠다. 로센 아저씨는 거실에 있는 커다란 의자에 앉아 안경을 고쳐 쓰며 두꺼운 책을 들여다보거나 시험지를 채점하다가 침침한 불빛을 올려다보며 가벼운 불평을 하곤 했다. 엘렌은 학교 연극 무대를 당당하게 활보했지. 몸짓은 자신감에 넘쳤고, 목소리도 낭랑했다.

그런 것들이 바로 자존심의 바탕을 이루는데, 그것들은 코펜하겐에 두고 왔다. 이제 그들에겐 그런 게 없다. 추위를 피하려고 알지도 못하는 사람들의 옷을 입고, 살아남기 위해서 헨리크 삼촌의 농가에서 나온 음식을 나누어 먹고, 자유를 얻기 위해서 어두컴컴한 숲길을 걸어야 한다.

안네마리는 아무도 말해 주지 않았지만 헨리크 삼촌이 이들을 배에 태워 바다 건너 스웨덴까지 데려다주리라는 것을 알고 있었다. 로센 아줌마가 바다를 얼마나 무서워했던가? 또 엘렌은 총을 들고 군화를 신은 군인들을 얼마나 무서워했던가? 군인들이 분명히 이들을 찾으려고 여기저기 수색할 텐데, 모두 얼마나 무서울까?

그러나 이들의 어깨는 예전처럼 꼿꼿했다. 교실에서, 연극 무대에서, 안식일 탁자 앞에서처럼. 그들은 가슴속 깊은 곳에 자존심을 지킬 수 있는 무언가를 간직하고 있다. 이들은 모든 것을 버리고 오지는 않은 것이다.

엄마는 어디에?

　로센 씨는 나가다가 부엌문 밖의 삐그덕거리는 계단에 발이 걸려 비틀거렸다. 다행히 로센 부인이 팔을 잡아 주어 넘어지지는 않았다.

　"밖이 정말 깜깜하지요?"

　엄마는 그들이 담요와 음식 보따리를 한 아름 안고 마당에 서자 속삭였다.

　"그런데 불을 밝힐 수가 없답니다. 제가 길을 잘 아니까 앞장설게요. 제 뒤를 따라오세요. 나무뿌리에 걸려 넘어지지 않도록 조심하세요. 길이 울퉁불퉁하니 발밑을 항상 조심하시고요. 그리고 정말 아주 조용히 하셔야만 해요."

　엄마는 덧붙이지 않아도 될 말을 했다.

　사방은 고요했다. 나뭇가지 끝에는 미풍이 지나고, 언제나처럼 들판 너머로 파도 소리가 들렸다. 그러나 이 밤에는 새

한 마리 울거나 소리 내지 않았다. 소는 외양간에서 조용히 잠들었고, 고양이는 2층에서 키르스티 팔에 안겨 잠들었을 것이다.

옅은 구름 사이로 밤하늘을 수놓은 별들은 가득했지만, 달빛 하나 없었다. 안네마리는 계단 발치에 서서 몸을 떨었다.

"이쪽으로 오세요."

엄마가 속삭이며 집에서 멀어져 갔다.

엘렌의 가족이 한 사람씩 몸을 돌려 안네마리를 말없이 껴안아 주었다. 엘렌이 마지막이었다. 둘은 서로를 꼭 껴안았다.

"난 언젠가 다시 돌아올 거야. 꼭 돌아올게."

엘렌이 또렷하게 속삭였다.

"나도 네가 돌아올 걸 믿어."

안네마리도 친구를 꼭 껴안으며 속삭였다.

그들은 떠났다. 엄마도, 엘렌의 가족도. 안네마리만 홀로 남았다. 갑자기 울음이 복받친 안네마리는 집 안으로 들어가 문을 닫았다.

관 뚜껑도 다시 닫혔다. 이제 방은 텅 비었다. 몇 시간 동안 여기 앉아 있던 사람들의 흔적은 하나도 남지 않았다. 안네마리는 손등으로 눈물을 훔쳤다. 그러고는 어두운 커튼을 젖히고 창문을 연 뒤 마음을 가라앉히려 흔들의자에 앉았다. 그리고 그들이 가는 길을 마음속으로 따라갔다. 어렸을 때 거의 날마다 개를 데리고 다니던 길이니 엄마도 잘 알 테지만, 안네마리한테도 익숙한 길이었다.

안네마리는 가끔 시내까지 걸어갔다 돌아오곤 해서, 모퉁이마다 울퉁불퉁한 뿌리가 흙을 밀고 나와 군데군데 마디진 나무들과 초여름에 가끔 꽃을 피워 내곤 하는 빽빽한 덤불들을 하나하나 기억하고 있었다.

안네마리는 어둠 속의 그 길을 떠올리며 마음속으로 그들과 함께 걸었다. 헨리크 삼촌이 배를 띄워 놓고 기다리는 곳까지는 30분쯤 걸릴 것이다. 엄마는 마지막으로 한 번 더 그들을 껴안기 위해 1분 정도 머무르고 나서 곧장 집으로 돌아올 테고, 돌아오는 길은 엄마 혼자라서, 익숙지 않은 길을 멀게 느꼈을 엘렌 가족을 기다려 주지 않아도 되니까 훨씬 빠를 것이다. 지금쯤 빠른 걸음으로 서둘러서 오고 있지 않을까?

거실에 있는 시계가 울렸다. 새벽 2시 반이었다. 엄마는 한 시간 안에는 오실 거라고 생각하며 안네마리는 낡은 흔들의자를 앞뒤로 가볍게 움직였다. '엄마는 3시 반까지는 꼭 오실 거다.'

코펜하겐에 혼자 남아 있는 아빠가 생각났다. 아빠 역시 깨어 있을 것이다. 지금쯤 시계를 쳐다보며 로센 가족이 무사하다는 소식과 엄마와 우리가 여기 농장에서 부엌 창문 틈으로 비치는 아침 햇살을 바라보며 오트밀에 크림을 얹어 먹으면서 새로운 날을 맞이하고 있다는 소식을 기다리고 계실 것이다.

기다리는 사람이 훨씬 더 힘들다는 것을 안네마리는 알고 있다. 덜 위험해도, 훨씬 더 두렵다.

하품이 나오고 고개가 꺾였다. 안네마리는 깜빡 잠이 들었다. 별처럼 꿈들이 알알이 박힌 밤, 구름같이 옅은 잠이었다. 환한 빛에 눈을 떴다. 아직 아침이 된 건 아니었다. 들판 저 끝에 희미한 빛이 둘러쳐져 있을 뿐이었다. 그건 스웨덴이 잠들어 있는 동안 동쪽 멀리 어딘가에 아침이 곧 나가온다는 뜻이었다. 새벽이 스웨덴의 농토와 연안을 가로질러 슬금슬금 걸어가 곧 작은 덴마크를 빛으로 씻어 내리고 북해를 지나 노르웨이를 깨우러 갈 것이다.

안네마리는 어리둥절한 채 눈을 깜박이다가 자기가 어디에 있는지, 왜 거기 있는지를 깨닫고 순간 벌떡 일어났다. 그럴 리가 없다. 수평선에서 희미한 빛이 나오다니. 아직 어두워야 하는데, 아직 밤중이어야 하는데.

안네마리는 발을 쭉 뻗으며 일어나 시계를 보러 복도로 갔다. 4시가 넘었다.

엄마는 어디 계신 걸까? 벌써 오셨지만 안네마리를 깨우고 싶지 않아서 곧바로 침대로 가서 자고 있는지도 모른다. 맞다, 엄마는 너무 지치셨을 거다. 밤을 꼬박 새운 데다가 위험하게 배까지 갔다가 어두운 숲을 뚫고 돌아왔으니 피곤해서 어서 빨리 잠들고 싶었을 거다.

안네마리는 얼른 좁은 계단을 뛰어올라 갔다. 엘렌과 함께 자던 방은 문이 열려 있었다. 낡은 이불이 깔려 있는 작은 침대 두 개는 깔끔하게 정돈된 채 비어 있었다.

그 옆에 있는 헨리크 삼촌 방도 문이 열려 있었고, 역시 아무런 흔적이 없었다. 걱정이 되기는 했지만 안네마리는 의자에 아무렇게나 널려 있는 삼촌 옷 몇 벌과 외양간의 흙이 묻은 채 마룻바닥에 놓여 있는 신발 한 켤레를 보고 방긋 웃었다.

'삼촌은 아내가 있어야 해.'

안네마리는 엄마 말을 흉내 내며 속으로 중얼거렸다.

엄마와 키르스티가 함께 쓰는 방의 문은 닫혀 있었다. 키르스티를 깨우지 않도록 조심하면서 안네마리는 살짝 문을 열어 보았다.

아기 고양이가 귀를 쫑긋 세우더니 눈을 동그랗게 뜨고 머리를 들어 늘어지게 하품을 했다. 고양이는 키르스티의 팔에서 빠져나와 기지개를 켜더니 마룻바닥으로 가볍게 뛰어내려 안네마리에게로 왔다. 그러고는 다리에 자기 몸을 비비고 가르릉거렸다.

키르스티는 잠결에 한숨을 폭 쉬면서 몸을 뒤챘다. 고양이의 온기와 부드러움이 떠나가 버린 한쪽 팔이 베개로 툭 떨어졌다. 넓은 침대에는 키르스티 말고는 아무도 없었다.

안네마리는 오솔길이 시작되는 빈터가 내려다보이는 창가로 황급히 발걸음을 옮겼다. 밖은 아직도 어둑했다. 안네마리는 그 희미한 어둠을 뚫고 엄마가 발걸음을 재촉하며 오는 것을 찾아보려 애썼다.

어제까지만 해도 거기 없었던 낯선 형체 하나가 보였다. 오솔길이 시작되는 곳에 확실히 분간할 수 없는 어두운 형체가 있었다. 안네마리는 눈을 가늘게 뜨고 그것을 보았다.

형체가 움직였다. 안네마리는 깨달았다. 그건 땅바닥에 쓰러져 있는 엄마였다.

뛰어가! 힘껏 빨리!

동생을 깨우지 않으려고 조용히 움직이긴 했지만, 안네마리는 계단을 헐레벌떡 내려가 부엌문을 뛰어나갔다. 삐그덕거리는 계단에 발이 걸려 잠깐 비틀거렸지만 곧 균형을 되찾고 엄마가 쓰러져 있는 곳까지 힘껏 달렸다.

"엄마!"

안네마리는 온 마음을 모아 불렀다.

"엄마!"

"쉬…."

엄마가 고개를 들며 말했다.

"난 괜찮아."

"엄마, 왜 이래요? 무슨 일이에요?"

안네마리는 엄마 옆에 무릎을 꿇고 앉으면서 물었다.

엄마는 간신히 일어나 앉았다. 무척 고통스러운 듯 새파랗게 질린 얼굴이었다.

"엄만 정말 괜찮아. 걱정 마라. 로센 아저씨네는 헨리크 삼촌과 같이 있다. 그게 중요한 거지."

엄마는 간신히 미소를 지었으나 입술을 깨물자 그 미소는 곧 시들어 버렸다.

"사방이 너무 깜깜했고, 로센 아저씨네가 길눈이 어두워 좀 힘들긴 했지만 우린 거기 아주 빨리 도착했어. 헨리크 삼촌이 배에서 기다리고 있다가 그 사람들을 배 밑에 있는 선실로 데리고 내려갔어. 로센 아저씨네는 금방 내 눈앞에서 사라져 버렸지. 헨리크 삼촌 말로는 다른 사람들도 벌써 거기 도착했다는구나. 페테르가 그들을 안전하게 거기까지 데리고 갔대. 그래서 나는 얼른 집으로 돌아오려고 서둘러 걸었지. 너희들에게 조금이라도 빨리 오려고 너무 서둘렀나 봐. 좀 더 조심해야 했는데."

부드럽게 이야기하며 엄마는 풀을 한 줌 뜯어 손에 달라붙은 흙을 닦아 냈다.

"말이 되니? 여기까지 다 와서. 글쎄, 절반쯤 와서 나무뿌리에 걸려 넘어지고 말았단다."

엄마는 한숨을 내쉬며 마치 자신을 야단치듯 말했다.

"발목뼈가 부러지지나 않았는지 걱정이다. 더 심하지 않은 게 다행이야. 발목뼈는 고칠 수 있는 거니까. 자, 어쨌거나 난 이제 집에 왔고, 로센 아저씨네는 헨리크 삼촌과 함께 있다. 안네마리야, 네가 날 봤어야 했는데."

엄마가 얼굴을 찡그린 채 고개를 저으며 말했다.

"언제나 단정한 이 엄마가 조금씩 조금씩 기어오는 것을! 아마 술 취한 사람처럼 보였을 거야."

그리고 엄마는 안네마리의 팔을 잡아 끌었다.

"너한테 기대야겠다. 네가 날 부축해 주면 집까지 갈 수 있을 거다. 후유, 왜 그렇게 바보스럽게 굴었는지! 자, 엄마 좀 부축해 주렴. 넌 아주 착하고 용감한 아이야. 자, 천천히, 됐다."

고통스러운지 엄마의 얼굴이 하얗게 질렸다. 안네마리는 희미한 빛 속에서 엄마의 얼굴을 볼 수 있었다. 엄마는 안네마리의 부축을 받으며 절뚝거리면서 느릿느릿 집 쪽으로 발을 떼었다.

"집 안에 들어가면 차를 한 잔 마시고 나서 의사에게 전화해야겠다. 의사한테는 계단에서 넘어졌다고 할 거야. 풀과 나뭇가지 묻은 것을 떼어 내야 하니 좀 도와주렴. 자, 여기서 좀 쉬자."

집에 도착하자마자 엄마는 무너지듯 계단에 주저앉았다. 그러고는 깊은 숨을 여러 번 토해 냈다.

안네마리는 옆에 앉아 엄마 손을 잡았다.

"엄마가 안 오셔서 얼마나 걱정했는데요."

엄마는 고개를 끄덕였다.

"그럴 거라고 생각했어. 그래서 몸을 질질 끌고라도 온 거야. 어쨌든 이렇게 무사히 돌아와서 지금 네 옆에 있잖니. 모든 일이 다 잘되었어. 지금 몇 시나 됐을까?"

"4시 반쯤 됐을 거예요."

"곧 배가 뜨겠구나."

엄마가 고개를 돌려 들판 너머 바다 쪽과 그 위의 넓은 하늘을 쳐다보았다. 날이 밝아오고 있었다.

"그리고 그 사람들도 곧 안전해질 거야."

안네마리는 안도의 숨을 쉬었다. 그러고는 엄마의 손을 주물러 주면서 퍼렇게 부어오른 발목께를 내려다보았다.

"엄마, 이게 뭐예요?"

갑자기 안네마리가 계단 아래쪽 풀밭으로 손을 뻗치며 물었다.

엄마가 갑자기 숨을 헉 몰아쉬었다.

"맙소사…."

안네마리는 그것을 집어 들고서야 무언지 알았다. 페테르가 로센 씨에게 주었던 꾸러미였다.

"로센 아저씨가 계단에서 넘어질 뻔했잖아요. 생각나세요? 그때 이게 떨어졌나 봐요. 갖고 있다가 페테르 오빠한테 돌려줘야겠어요."

안네마리는 그것을 엄마에게 건네주었다.

"엄마는 이게 뭔지 아세요?"

엄마는 대답하지 않았다. 뻣뻣하게 굳은 얼굴로 오솔길을 한 번 쳐다보고는 자기 발목을 내려다보았다.

"중요한 거죠, 엄마? 헨리크 삼촌한테 드려야 하는 거죠? 페테르 오빠가 이게 아주 중요한 거라고 로센 아저씨한테 말하는 걸 들었거든요."

엄마는 일어나려 했지만, 이내 신음 소리를 내며 계단을 등지고 다시 주저앉았다.

"오오, 하느님."

엄마가 다시금 중얼거렸다.

"모든 게 수포로 돌아가면 어떡하나…."

안네마리는 엄마 손에서 꾸러미를 빼앗아 들고 벌떡 일어났다.

"제가 가져다주고 올게요. 길도 알고, 날도 밝았잖아요. 게다가 전 바람처럼 빨리 달릴 수 있어요."

엄마는 긴장된 목소리로 황급히 말했다.

"안네마리야, 집 안으로 들어가서 식탁 위에 있는 작은 바구니를 가져와라, 어서. 거기에다 사과와 치즈를 넣고, 그 꾸러미는 바구니 제일 밑에 넣어야 한다. 알겠니? 빨리!"

안네마리는 재빨리 들은 대로 했다. 바구니, 제일 밑바닥에는 꾸러미, 그것을 냅킨으로 덮고, 치즈 조금, 사과 하나. 그리고 부엌을 획 한번 둘러보고 나서 빵을 집어 바구니에 넣었다. 작은 바구니는 이제 꽉 찼다. 안네마리는 그걸 엄마에게 가지고 갔다.

"배까지 뛰어가야 한다. 만약 누가 너에게 서라고 하면…."

"누가 저한테 그렇게 해요?"

"안네마리야, 넌 이 일이 얼마나 위험한지 알고 있지? 만약 군인들이 널 보면 그 자리에 서라고 할 거야. 넌 그저 어린아이처럼 행동해야 한다. 빵과 치즈를 깜박 잊고 가져가지 않은 바보 같은 어부 삼촌에게 점심을 가져다주는, 좀 모자란 아이처럼."

"엄마, 바닥에 감춰 놓은 게 뭔데요?"

엄마는 대답하지 않았다.

"가. 지금 당장 가. 뛰어가! 힘껏 빨리!"

안네마리는 엄마에게 얼른 뽀뽀를 하고 나서 엄마 무릎 위에 놓여 있던 바구니를 잡아챘다. 그리고 몸을 돌려 오솔길 쪽으로 뛰어가기 시작했다.

어두운 길에서

오솔길 숲으로 접어들자 안네마리는 새벽이 얼마나 추운지 새삼 느꼈다. 사람들이 스웨터와 재킷과 코트를 입는 걸지켜보고 도와준 게 바로 어젯밤 일이었다. 안네마리는 그들이 그 어두운 밤에 옷을 잔뜩 입고 팔에는 담요를 걸친 채 조용히 사라지는 것을 지켜보았다.

하지만 지금 안네마리는 면 치마 위에 얇은 스웨터 하나를 걸쳤을 뿐이다. 10월의 날씨는 해가 뜨면 금방 따뜻해지지만 지금은 어슴푸레하고 추운 데다가 눅눅하기까지 했다. 안네마리는 몸을 바르르 떨었다.

오솔길이 굽어 있다. 더 이상 엄마도, 어슴푸레하게 밝아오는 들판에 서 있는 농가의 형체도 보이지 않았다. 이제는 낙엽 밑에 숨은 굵은 나무뿌리들이 얼기설기 얽인 어두운 숲을 지나가야 한다. 안네마리는 발을 헛딛지 않으려고 애썼다.

짚으로 엮은 바구니 손잡이에 팔이 긁혔다. 안네마리는 뛰려고 다른 손으로 바구니를 바꿔 들었다.

가끔 잠자리에서 키르스티에게 해 주던 이야기가 떠올랐다. 안네마리는 속으로 이야기했다.

"옛날에 아주 예쁜 빨간색 망토를 가진 여자애가 있었어. 그 애는 그 망토를 즐겨 입어서 사람들이 '빨간 모자'라고 불렀단다."

키르스티는 그 부분에서 언제나 말을 가로막곤 했다.

"왜 빨간 모자라고 불러? 그냥 빨간 망토라고 하지 않고?"

"으응, 그 망토엔 모자가 달려 있었거든. 그 애는 너처럼 아주 멋진 곱슬머리였어. 어쩌면 나중에 엄마가 너한테도 곱슬머리를 가려 주고 따뜻한 모자 달린 코트를 만들어 주실 거야."

"그런데 그거 승마용 모자야? 그 애가 말을 타고 달렸어?"

"아마 말이 있어서 가끔 탔는지도 모르지. 하지만 이 이야기엔 나오지 않아. 근데, 한마디 한마디마다 끼어들지 좀 마."

안네마리는 항상 질문을 해 대서 이야기를 방해했던 키르스티가 떠올라서 미소를 지었다. 키르스티는 그 이야기를 좀 더 길게 해 주길 바라곤 했다.

이야기는 계속되었다.

"어느 날 그 여자애 엄마가 말씀하셨어. '할머니께 드릴 음식을 바구니에 담아 놓았으니 네가 갖다드려라. 할머니는 지금 편찮으시단다. 자, 빨간 망토 끈을 묶어 주마.'"

"할머니는 깊은 숲속에 살고 계시지? 그렇지? 늑대가 사는 아주 위험한 숲 말이야."

키르스티는 묻곤 했다.

안네마리는 뭔가 바스락거리는 소리를 들었다. 아마도 가까이에서 왔다 갔다 하는 다람쥐나 토끼일 것이다. 그래서 길을 가다 말고 잠깐 멈춰 섰다가 다시금 미소를 지었다. 키르스티라면 무서워했을 것이다. 아마도 안네마리의 손을 꽉 잡고는 "늑대다!" 하고 소리를 질렀을지도 모른다. 하지만 안네마리는 이 숲이 그 이야기에 나오는 숲과는 다르다는 것을 알고 있다. 여기에는 키르스티의 상상 속에서 우글거리는 늑대나 곰이나 호랑이 같은 짐승 따위는 한 마리도 없다. 안네마리는 서둘렀다.

숲속은 여전히 어둠이 깊었다. 안네마리는 어두울 때 이 길을 가 본 적이 한 번도 없었다. 엄마에게 뛰어가겠다고 말했지? 그래서 그렇게 하려고 애썼다.

여기서 길은 또 휘어진다. 안네마리는 어둠 속에서 길이 좀 달라 보여도 어디서 길이 휘어지는지 잘 알고 있었다. 만약 여기서 왼쪽 길을 택한다면 더 환하고 더 넓고 사람들도 많이 다니는 큰길이 나타날 것이다. 하지만 그 길은 더 위험할 것이다. 지금 같은 새벽에는 어부들이 바다에 배를 띄우기 위해 큰길로 다니며 발걸음을 재촉할 것이다. 그리고 군인들이 거기 있을지도 모른다.

안네마리는 오른쪽 길로 더 깊은 숲속으로 들어갔다. 엄마와 페테르가 로센 가족을 비롯한 낯선 사람들을 데리고 갔을 바로 그 길이었다. 길을 잘못 꺾으면 그들이 위험해질 것이 분명했다.

"그래서 빨간 모자는 바구니를 들고 숲속으로 서둘러 걸어 갔어. 그 아침은 정말 상쾌했지. 새들도 흥겹게 지저귀고. 빨간 모자도 걸어가면서 노래를 불렀단다."

가끔 안네마리는 이야기를 바꿔서 키르스티에게 들려주곤 했다. 숲에는 때로는 비가 내리고 때로는 눈이 오기도 했다. 어느 때는 으스스한 그림자를 길게 드리운 저녁나절이기도 해서 키르스티는 이야기를 들으면서 안네마리에게 바짝 다가와 팔을 두르곤 했다. 하지만 지금 안네마리는 자기 자신에게 이야기를 하면서 밝은 햇빛과 새들의 노래를 듣고 싶었다.

이제 오솔길은 한쪽으로는 숲이 시작되고, 한쪽은 바다에 잇닿은 들판 옆으로 이어지는 평탄하고 넓은 길로 접어들었다. 여기서부터는 뛰어갈 수 있다. 안네마리는 뛰기 시작했다. 한낮이면 초원에서는 소들이 어슬렁거렸고, 여름날 오후에 안네마리가 풀을 한 줌 뜯어서 울타리 옆에 멈춰 서면 호기심 많은 소들이 거칠거칠한 혀를 내밀어 풀을 채 가곤 했다.

여기가 바로 엄마가 말해 주었던 곳이다. 엄마는 어렸을 때 학교 가는 길에 늘 여기서 멈추곤 했다고 했다. 트로파스트가 울타리를 뛰어넘어 들판을 가로지르며 꼬리를 흔들고 신나게 짖어 대며 소를 쫓아다니곤 했다. 소는 그 개에게 눈길 한 번 주지 않았지만.

희뿌연 새벽빛 아래 자리 잡은 들판은 무채색이었다. 게다가 아무도 없었다. 안네마리는 저 너머에서 파도치는 소리를 들었다. 그리고 동쪽 저 너머 스웨덴이 있는 곳에서부터 날이 밝아 오는 것도 보았다. 안네마리는 있는 힘껏 빨리 달렸다. 오솔길이 끝나고 다시 숲이 시작되는 곳(그곳을 지나면 시내가 나온다)을 미리 가늠해 보았다.

여기서부터는 덤불이 너무 자라 오솔길이 제대로 보이지 않았다. 하지만 안네마리는 키 큰 블루베리 덤불 옆에 감춰진 오솔길 입구를 찾아냈다. 늦여름에 그 달콤한 블루베리를 따려고 얼마나 자주 여기서 멈춰 섰던가! 입과 손은 금방 퍼렇게 물들곤 했다. 그리고 집에 가면 엄마가 늘 웃으셨다.

주변에 온통 나무와 덤불만 있어서 길은 다시 어두워졌다. 뛰어가고 싶었지만 천천히 걸을 수밖에 없다.

안네마리는 발목이 퉁퉁 부어오르고 얼굴은 고통으로 일그러진 엄마를 떠올렸다. 지금쯤은 엄마가 의사에게 전화를 해 놓았을 것이다. 마을 의사는 눈길은 상냥하지만 무뚝뚝하고 사무적인 노인이었다. 그는 예전에도 여름에 몇 번 찌그러진 차를 몰고서 흙길을 덜컹대며 삼촌의 농가에 온 적이 있었다. 한번은 갓난아기였던 키르스티가 귓병이 나서 울어 댈 때였고, 한번은 리세가 아침을 준비하다가 뜨거운 기름을 엎질러 손이 데었을 때였다.

안네마리는 다시 오솔길이 갈라지는 곳에 이르렀다. 왼쪽 길로 가면 곧바로 마을로 갈 수 있다. 그 길은 안네마리 일행이 기차에서 내려 걸어온 길이고, 엄마가 소녀 시절에 학교에 다니던 길이었다. 안네마리는 고깃배들이 닻을 내리고 있는 항구 쪽으로 가는 오른쪽 길로 들어섰다.

가끔 오후 늦게 헨리크 삼촌의 배인 잉에보르호가 돌아오는 것을 마중 나가고, 또 삼촌과 일꾼들이 푸르스름한 빛을 내며 펄떡거리는 갓 잡은 청어를 컨테이너에서 꺼내는 것을 지켜보려고 이 길을 가 본 적이 있었다.

다들 빈 배로 항구에 머물며 고기 잡으러 나갈 준비를 하고 있는 지금도 안네마리는 이곳의 공기에 언제나 배어 있는 짭조름한 청어 냄새를 맡을 수 있었다.

이제 얼마 남지 않았다. 날도 점점 밝아 오고 있었다. 안네마리는 학교에서 달리기 시합을 할 때처럼 뛰어갔다. 군인들이 안네마리를 불러 세웠던 그날, 코펜하겐의 거리를 뛰어갔던 그날처럼.

안네마리는 머릿속으로 계속 이야기를 이어 갔다.

"빨간 모자는 숲속을 걸어가다가 갑자기 무슨 소리를 들었어. 덤불에서 뭔가 바스락거리는 소리가 났단다."

"늑대다!"

키르스티는 무서워하면서도 신나게 소리를 지르며 몸을 떨었다.

"난 알아. 늑대야!"

안네마리는 동생을 무섭게 하면서도 감질나게 하려고 이 부분을 길게 늘이곤 했다.

"빨간 모자는 그게 무엇인지 몰랐어. 그래서 멈춰 서서 가만히 들어 보았단다. 덤불 속에서 뭔가 자기를 따라오고 있었어. 빨간 모자는 정말로, 아주아주 무서웠단다."

그러고는 잠깐 숨을 죽이곤 했다. 자기 옆에 바짝 붙어 앉은 키르스티 역시 숨도 못 쉬고 있는 것을 느낄 수 있었다.

"그러자 늑대가 사는 아주 위험한 숲속에서…."

안네마리는 아주 낮고 무시무시한 목소리로 말을 이었다.

"으르렁거리는 소리가 들렸어."

안네마리는 갑자기 멈춰 섰다. 길이 휘어지는 곳이었다. 그 길을 돌면 뒤쪽으로 탁 트인 바다 풍경을 볼 수 있을 것이다. 이제 숲은 끝나고, 항구와 부두와 수없이 많은 고깃배들이 눈앞에 나타날 것이다. 그리고 곧 배가 발동 거는 소리, 어부들이 서로 부르는 소리, 갈매기가 꽥꽥대는 소리들이 시끄럽게 어우러질 것이다.

하지만 안네마리는 뭔가 다른 소리를 들었다. 앞에 있는 덤불이 바스락거리는 소리를 들었다. 발소리도 들었다. 머릿속에서 일어난 게 아니라 진짜로 으르렁거리는 소리가 들렸다.

안네마리는 조심스럽게 한 발 한 발 내디뎠다. 길이 휘어지는 쪽으로 다가갈 때도 계속 소리가 들렸다.

바로 거기에, 그들이 있었다. 바로 앞에, 무장한 군인 네 명이 서 있었다. 그리고 그들 옆에는 번뜩이는 눈에 입술이 위로 치켜 올라간 커다란 개 두 마리가 버티고 있었다.

이 개들은 고기 냄새를 잘 맡지!

안네마리의 머리가 재빠르게 돌아갔다. 그리고 엄마가 뭐라고 말했는지 기억해 냈다.

'만약 누가 널 불러 세우면 좀 모자란 아이처럼 행동해야 한다.'

안네마리는 군인들을 쳐다보았다. 코펜하겐 거리에서 군인들을 만났을 때 안네마리가 얼마나 공포에 떨며 쳐다보았던가?

하지만 키르스티는 조금도 무서워하지 않았다. 키르스티야말로 군인들이 자기 머리카락을 만졌다고 화를 낸, 좀 바보처럼 군 아이였다. 그 애는 무서운 게 없었고, 그래서 그 군인은 재미있어 했다.

안네마리는 키르스티처럼 행동하기로 마음먹었다.

"아저씨들은 누구세요?"

안네마리는 짐짓 꾸며 낸 목소리로 군인들에게 말을 걸었다.

군인들은 한마디 대꾸도 없이 안네마리를 위아래로 훑어보았다. 개들 역시 경계하는 모습이었다. 개줄을 잡고 있는 군인 두 명은 두꺼운 장갑을 끼고 있었다.

"여기서 뭐 하는 거냐?"

한 명이 물었다.

안네마리는 바구니를 들어 올려 보여 주었다.

"우리 헨리크 삼촌이 점심을 잊어먹고 안 갖고 갔어요. 그래서 지금 갖다주러 가는 길이에요. 우리 삼촌은 어부거든요."

군인들은 주변을 둘러보았다. 그들은 안네마리 뒤쪽을 쏘아보고, 양쪽편의 덤불을 조사해 보기도 했다.

"너 혼자냐?"

누군가가 물었다.

"네."

안네마리는 고개를 끄덕였다.

개 한 마리가 으르렁댔다. 안네마리는 개 두 마리가 모두 점심 바구니를 쳐다보고 있다는 것을 알아차렸다.

군인 하나가 앞으로 나섰다. 개줄을 잡고 있는 군인들은 그대로 서 있었다.

"이 꼭두새벽부터 점심을 갖다주러 간단 말이냐? 너희 삼촌은 왜 생선을 먹지 않니?"

키르스티 같으면 뭐라고 대답했을까? 아마 킥킥댔겠지. 안네마리는 자기도 그렇게 하려고 애썼다.

"우리 삼촌은 생선을 좋아하지 않아요."

안네마리는 킥킥거리며 말했다.

"우리 삼촌은 만날만날 생선을 보는 데다 냄새도 실컷 맡는다고 생선은 안 먹는대요."

안네마리는 일부러 얼굴을 찌푸렸다.

"그래도 배가 고프면 먹겠지요, 뭐. 암튼 우리 삼촌은 점심엔 빵과 치즈가 최고래요."

안네마리는 키르스티처럼 계속 재잘거리면서 속으로 다짐했다. 좀 바보스럽게 보여야 해.

"그런데 난 생선이 좋아요. 우리 엄마표 말이에요. 생선에 빵가루를 입혀서…."

그 군인은 앞으로 한 걸음 더 다가와 바구니에서 빵 덩어리를 낚아챘다. 그러고는 빵을 요리조리 살펴본 뒤 죽 찢어서 반으로 갈랐다.

키르스티라면 아마 화를 낼 거야.

"하지 마세요! 그건 우리 헨리크 삼촌 거예요. 울 엄마가 구운 빵이라고요!"

안네마리는 화를 내며 말했다.

하지만 군인은 안네마리의 말에 콧방귀도 뀌지 않았다. 그가 두 조각 난 빵을 땅바닥에 던졌다. 빵은 정확하게 개들 앞에 떨어졌다. 개들이 달려들어 얼른 빵을 먹어 치웠다.

"숲에서 다른 사람 본 적 없냐?"

군인이 왁살스럽게 물었다.

"아저씨밖에 못 봤는데요."

안네마리는 그를 노려보았다.

"이 숲에서 뭐 하고 있는 거예요? 아저씨 때문에 늦겠어요. 빨랑 점심 갖다줘야지, 안 그럼 삼촌 배가 떠난다고요. 그럼 우리 삼촌, 배고프단 말이에요. 내가 점심 갖다주기 전에 헨리크 삼촌의 배가 떠나면 어떡해요? 그럼 점심은 어쩌고요?"

그 군인은 치즈 조각을 집어 들고는 손 위에 놓고 뒤집어 보았다. 그러고는 뒤편에 서 있는 군인들을 돌아보고 자기네 나라 말로 뭔가 물었다.

그들 중 한 명이 지겹다는 듯이 "나인"이라고 대답했다. 안네마리는 그 군인이 "아니"라고 대답한 걸 알아챘다. 그는 아마도 "이걸 먹고 싶냐?" 또는 "이걸 개한테 줄까?"라는 질문을 받았는지도 모른다.

그 군인은 치즈를 들고 있다가 이 손에서 저 손으로 던져 댔다.

안네마리는 약이 올라서 한숨을 지었다.

"이제 가도 돼요?"

안네마리는 참지 못하고 물어보았다.

군인은 이번에는 사과를 집어 들더니 여기저기 멍든 부분을 보고 역겹다는 듯한 표정을 지었다.

"고기는 없냐?"

그가 바구니와 바구니 바닥에 깔려 있는 냅킨을 빤히 내려다보면서 물었다. 안네마리는 움츠러든 표정을 지으며 퉁명

스럽게 대답했다.

"고기가 어딨어요. 아저씨네 군대가 우리나라 고기를 다 먹었잖아요."

제발, 안네마리는 속으로 빌었다. 제발 냅킨을 들어 올리지 말아요.

군인은 웃음을 터뜨리고는 사과를 땅에 툭 던졌다. 개 한 마리가 묶인 끈을 질질 끌고 와서는 앞으로 몸을 숙여 사과 냄새를 맡고는 뒤로 물러났다. 하지만 개 두 마리는 모두 귀를 쫑긋 세우고 입을 벌린 채 여전히 바구니를 열심히 쳐다보고 있었다. 분홍색 잇몸 사이로 침이 번들거렸다.

"이 개들은 고기 냄새를 잘 맡지."

군인이 말했다.

"숲속 다람쥐 냄새도 잘 맡아요."

안네마리가 대꾸했다.

"개들을 데리고 사냥을 하면 좋을 거예요."

군인은 한 손에 치즈를 들고 마치 바구니에 다시 넣으려는 듯 앞으로 다가왔다. 하지만 그는 꽃무늬 냅킨을 잡아당겼다.

안네마리는 그 자리에 얼어붙었다.

"너희 삼촌은 꽤 괜찮은 점심을 먹는군."

치즈를 싼 냅킨을 구겨 버리며 군인이 빈정거렸다.

"여자처럼 말이야."

그는 경멸스런 말투로 덧붙였다. 그러고는 바구니를 뚫어지게 보았다. 그가 치즈와 냅킨을 옆에 있는 군인에게 넘겨주었다.

"이건 뭐냐? 맨 밑바닥에 있는 게 뭐야?"

그가 의심스러운 목소리로 물었다.

키르스티라면 어떻게 했을까? 안네마리는 스스로도 놀라면서 발을 구르며 울어 대기 시작했다.

"몰라요! 모른다고요!"

목까지 컥컥 메었다.

"울 엄마가 화낼 거예요. 아저씨가 날 못 가게 해서 늦었잖아요. 아저씨가 우리 삼촌 점심까지 망쳐 놓았잖아요. 삼촌도 나한테 화낼 거예요."

개들은 바구니 쪽으로 코를 들이대며 킁킁거렸다. 다른 군인들이 독일어로 뭐라고 투덜거렸다.

그 군인은 꾸러미를 들어냈다.

"왜 이렇게 조심스럽게 감춰 놓은 거냐?"

그가 쏘아 댔다.

안네마리는 스웨터 소매로 눈가를 닦았다.

"난 안 감췄어요. 이건 냅킨이잖아요. 난 몰라요."

그 말을 하면서 안네마리는 자기 말이 진실임을 깨달았다. 정말 그 꾸러미 안에 뭐가 들어 있는지 아는 게 없으니까.

그 군인은 개들이 목줄을 끌어당기며 짖어 대는 동안 꾸러미를 찢어 버렸다.

그러고는 속을 펴 보더니 안네마리를 보았다.

"뚝 그치지 못해, 이 바보야!"

그가 호통을 치듯 말했다.

"바보 같은 너희 엄마가 삼촌에게 손수건을 보낸 거야. 독일 여성들은 이것보다 훨씬 중요한 일을 한다. 남자를 위해 손수건을 만들려고 집에 있진 않는다."

그는 접힌 하얀 손수건을 가리키며 빈정대듯 웃었다.

"최소한 손수건에 꽃이라도 수를 놓았어야지."

그는 반쯤 풀어진 종이 꾸러미를 땅바닥에 집어던졌다. 손수건은 사과 옆으로 떨어졌다. 개들이 다가와 헉헉거리며 킁킁대더니 차차 기세를 누그러뜨리면서 돌아섰다.

"가라."

그 군인이 말했다. 그는 바구니 속에 치즈와 냅킨을 다시 던져 넣었다.

"삼촌한테 가서 독일 개들이 빵 잘 먹었다고 전해라."

군인들은 안네마리 옆을 지나쳐 가 버렸다. 그들 중 하나가 크게 웃었다. 그리고 자기네끼리 독일 말로 떠들어 댔다. 곧 그들은 안네마리가 지나온 오솔길 아래쪽으로 사라졌다.

안네마리는 재빨리 꾸러미와 사과를 집어 들었다. 그러고는 바구니 속에 다시 담고 나서 배들의 엔진 소리가 요란한 항구 쪽으로 뛰어가기 시작했다.

잉에보르호는 부두 바로 옆에 아직 있었다. 헨리크 삼촌의 모습도 보였다. 그물 옆에 꿇어앉을 때마다 삼촌의 머리카락이 반짝이며 바람에 날리고 있었다. 안네마리는 삼촌을 불렀다. 안네마리를 알아본 삼촌이 걱정스런 표정을 지으며 옆으로 다가왔다.

안네마리는 바구니를 건네주었다.

"엄마가 점심을 갖다드리랬어요."

목소리가 떨려 나왔다.

"그런데 군인들이 절 막아 세우고, 삼촌이 드실 빵을 빼앗아 갔어요."

겁이 나서 더는 자세한 이야기가 나오지 않았다.

헨리크 삼촌은 얼른 바구니 속을 들여다보았다. 안네마리는 삼촌의 표정에서 안도감을 읽었다. 비록 꾸러미가 찢겨 속이 보이긴 했지만, 어쨌든 있어야 할 게 있다는 걸 확인했기 때문이라는 것을 알 수 있었다.

"고맙다."

다행이라는 느낌이 그의 목소리에 확실하게 배어 나왔다.

안네마리는 낯익은 작은 배를 휙 둘러보았다. 선실은 텅 비어 있었다. 로센 씨나 다른 사람들의 흔적은 어디에도 없었다. 헨리크 삼촌은 안네마리의 눈길과 당혹스러워하는 표정을 알아차렸다.

"다 괜찮아."

삼촌이 부드럽게 말했다.

"걱정 마라. 모든 게 다 괜찮아. 좀 불안하긴 했지. 하지만 지금은…."

그는 손에 든 바구니로 눈을 돌렸다.

"안네마리야, 네 덕분에 모든 게 다 괜찮아졌다. 자, 이제 집까지 뛰어가거라. 그리고 엄마한테 걱정 마시라고 해라. 저녁때 다시 보자."

그러고는 갑자기 안네마리를 바라보며 웃었다.

"그 사람들이 내 빵을 빼앗아 갔다고? 그거 먹다가 목에나 콱 걸려 버려라."

조금만 이야기해 줄게

"불쌍한 블라섬!"

헨리크 삼촌은 그날 저녁을 먹고 웃음을 터뜨리며 말했다.

"너희 엄마가 그렇게 오랫동안 도시 생활을 하다가 오랜만에 우유를 짜려 했으니 엉망이었지. 하지만 안네마리야, 참 잘했다. 처음인데도 그렇게 잘하다니! 블라섬이 널 차 버리지 않았다니 놀랍구나!"

엄마도 미소를 지었다. 엄마는 헨리크 삼촌이 거실에서 부엌 한구석으로 옮겨 놓은 안락의자에 앉아 있었다. 무릎 쪽에 깁스를 한 엄마의 다리는 발 의자 위에 얹혀 있었다.

안네마리는 삼촌과 엄마가 웃는 것에 마음 쓰지 않았다. 웃기긴 했다. 돌아올 때는 숲속을 아직도 왔다 갔다 할지도 모르는 군인들과 맞닥뜨리지 않으려고 큰길을 따라 뛰어왔다. 이제 아무것도 가진 게 없으니 두려울 것이 없었다. 농가에 돌아와 보니 엄마와 키르스티는 집에 없었고, 대신 엄마가 황급히 흘려 쓴 듯한 쪽지가 있었다. 의사가 차를 가져와서 동네 병원으로 간다고, 곧 돌아오겠다고 적힌 쪽지였다.

하지만 외양간에서 완전히 잊힌 블라섬이 아무도 우유를 안 짜 주어서 너무나도 불편한 나머지 소리를 내지르는 바람에 안네마리는 쉴 틈도 없이 우유통을 들고 헐레벌떡 외양간으로 뛰어갔다. 그러고는 블라섬이 귀찮은 듯이 내는 콧김과 흔들어 대는 머리를 무시하려고 애쓰면서 헨리크 삼촌이 박자에 맞춰 우유를 짜던 모습을 떠올려 가며 나름대로 최선을 다했다. 그렇게 안네마리는 우유를 짰다.

"내가 할 수 있었는데. 그냥 잡아당겨서 쭉 짜기만 하면 되는데. 내가 훨씬 쉽게 할 수 있는데."

키르스티가 말했다.

안네마리가 눈을 흘겼다. '잘도 하겠다'라고 생각하면서.

"엘렌 언니는 돌아오는 거야?"

잠시 뒤 소에 대해서는 잊어버리고 키르스티가 물었다.

"엘렌 언니가 내 인형 옷을 만들어 준댔는데."

"언니하고 엄마가 네 인형 옷 만드는 걸 도와줄게."

엄마가 말했다.

"엘렌 언니는 엘렌네 엄마, 아빠를 따라가야 했어. 아저씨하고 아줌마가 어젯밤에 와서 엘렌 언니를 데려갔으니 정말 다행이잖니?"

"그래도 날 깨워서 인사라도 하게 했어야지."

키르스티는 옆에 있는 의자에서 인형을 들어 올려 색깔을 칠한 입에 수저로 음식을 떠 먹여 주는 시늉을 하며 투덜거렸다.

"안네마리야."

헨리크 삼촌이 식탁에서 일어나 의자를 뒤로 뺐다.

"외양간에 같이 갈래? 우유 짜는 방법을 가르쳐 주마. 먼저 손부터 씻고."

"나도 갈래."

키르스티가 말했다.

"넌 가지 마. 지금은 따라가지 마라. 엄마가 잘 걸을 수 없으니 우리 키르스티가 엄마를 도와줘야지. 넌 이제부터 엄마의 간호사야."

키르스티는 엄마 말을 들어야 할지 말아야 할지 잠깐 머뭇거리다가 결정을 내렸다.

"난 커서 간호사가 될 거야. 소젖 짜는 사람이 아니라. 그러니까 여기서 엄마를 돌볼래."

늘 그랬듯이 아기 고양이도 졸졸 따라왔다. 안네마리는 막 내리기 시작하는 보슬비를 맞으며 헨리크 삼촌을 따라 외양간으로 갔다. 블라섬이 헨리크 삼촌을 보자 반갑게 고개를 흔드는 걸 보니, 소도 제대로 된 일꾼을 알아보는 듯했다.

안네마리는 짚단 위에 앉아 우유를 짜는 삼촌을 지켜보았다. 하지만 마음은 다른 데 가 있었다.

"헨리크 삼촌."

안네마리가 말했다.

"엘렌네와 다른 사람들은 어디 있어요? 전 삼촌이 삼촌 배로 그 사람들을 스웨덴으로 데려다줄 거라고 생각했어요. 하지만 배에는 아무도 없었잖아요."

"그 사람들은 거기 있었어."

삼촌이 커다란 소 등에 기대면서 말했다.

"넌 알 필요가 없었지. 내가 전에 모르고 있는 편이 안전하다고 말한 거 생각나니? 하지만…."

삼촌은 숙달된 솜씨로 손을 움직이며 말했다.

"네가 아주 용감했으니까 조금만 이야기해 줄게."

"용감했다고요?"

안네마리가 깜짝 놀라면서 말했다.

"아니에요. 제가 얼마나 무서워했는데요."

"넌 네 목숨을 걸었어."

"하지만 그렇게 생각해 본 적도 없는걸요! 전 그저…."

삼촌이 미소를 지으며 말을 가로막았다.

"그게 바로 용감하다는 말의 의미야. 위험에 대해서는 생각조차 안 하는 것, 그냥 네가 해야 하는 일에 대해서만 생각하는 것. 물론 무서웠겠지. 나도 오늘 그랬으니까. 하지만 넌 네가 해야 하는 일에 대해서만 마음을 썼지. 나도 그랬어. 자, 이제 엘렌네에 대해 이야기해 줄게. 어부들은 대개 자기 배에 비밀 장소를 만들어 놓지. 나도 마찬가지야. 그건 배 밑창에 있단다. 판자를 들어 올리면 나오게 되어 있어. 거기에 몇 사람쯤 숨을 만한 공간이 있어. 페테르나 페테르하고 같이 일하는 레지스탕스 동료들이 나와 다른 어부들에게 숨길 사람들을 데려오지. 길렐라이에까지 그들을 숨겨 주고 도와주는 사람들이 있단다."

안네마리는 깜짝 놀랐다.

"페테르 오빠가 레지스탕스라고요? 그걸 몰랐다니! 오빠는 엄마와 아빠한테 지하신문인 〈자유 덴마크인〉을 갖다주거든요. 그리고 항상 바쁜 것 같았어요. 그걸 왜 깨닫지 못했을까!"

"페테르는 아주 용감한 젊은이야. 그들 모두가 그래."

헨리크 삼촌이 말했다.

안네마리는 얼굴을 찌푸리면서 그날 아침 보았던 텅 빈 배를 생각했다.

"그럼 제가 바구니를 갖고 갔을 때 로센 아저씨네와 다른 사람들이 배 안에 숨어 있었던 거예요?"

헨리크 삼촌은 고개를 끄덕였다.

"난 아무 소리도 못 들었는데….."

안네마리가 말했다.

"당연하지. 꽤 긴 시간 동안 아주 조용히 있어야 했으니까. 갓난아기도 깨서 울까 봐 약을 먹였을 정도야."

"제가 삼촌한테 말하는 것을 그 사람들이 들었을까요?"

"물론이지. 네 친구 엘렌이 나중에 나한테 그러더라. 네가 말하는 걸 다 들었다고. 그리고 배를 뒤지러 온 군인들 소리도 들었대."

안네마리의 눈이 동그래졌다.

"군인들이 왔었어요? 그 사람들, 절 세운 다음에 다른 길로 갔다고 생각했는데."

"길렐라이에도, 또 모든 연안을 따라서 군인들이 쫙 깔려 있어. 요즘 배마다 다 뒤지고 다니거든. 그놈들도 유대인들이 탈출하고 있다는 걸 알고 있지. 하지만 어떻게 탈출하는지 확실히는 몰라. 그래서 발각되는 일은 거의 없지. 그 비밀 장소는 아주 은밀한 곳에 있어. 게다가 우린 부두 위에 죽은 생선을 잔뜩 쌓아 놓거든. 그들은 번쩍거리는 군화가 더러워지는 걸 아주 싫어해!"

삼촌은 안네마리 쪽을 돌아다보며 빙그레 웃었다. 안네마리는 어두운 오솔길에서 앞을 가로막고 섰던 그 번쩍이는 군화를 떠올렸다.

"헨리크 삼촌."

안네마리가 삼촌을 불렀다.

"제가 모든 걸 알아서는 안 된다고 삼촌이 말씀하신 게 옳다고 확신해요. 하지만 손수건에 대해 말씀해 주실 수 없어요? 저는 그 꾸러미가 중요하다는 걸 알아요. 그래서 그걸 갖다드리려고 숲속을 뛰어간 거예요. 전 그게 지도일지도 모른다고 생각했어요. 손수건이 왜 그렇게 중요한 거예요?"

삼촌은 우유가 가득 찬 통을 옆으로 놓고 젖은 수건으로 소의 젖꼭지를 닦아 주기 시작했다.

"안네마리야, 이걸 아는 사람은 별로 없어."

그는 심각한 표정으로 말했다.

"군인들은 유대인들이 탈출하는 것 때문에 너무 화가 났어. 그리고 자기들이 유대인들을 찾아내지 못한다는 사실도. 그래서 훈련된 개들을 이용하기 시작했단다."

"맞아요. 그들이 개를 데리고 있었어요! 오솔길에서 절 가로막았던 사람들 말이에요!"

헨리크 삼촌이 고개를 끄덕였다.

"그 개들은 사람들 냄새를 맡고 숨어 있는 곳을 찾아내는 훈련을 받은 개들이야. 바로 어제 배 두 척에서 일이 터졌지. 그 망할 놈의 개들이 죽은 생선 틈을 뚫고 곧바로 사람 냄새를 쫓아간 거야. 우리는 모두 굉장히 걱정하고 있었단다. 그렇게 되면 유대인들을 배로 스웨덴까지 탈출시키는 일이 끝장나 버리거든. 이 문제를 과학자들과 의사들에게 들고 간 게 바로 페테르였어. 아주 머리 좋은 사람들 몇몇이 그 문제를 해결하려고 밤낮으로 연구했지. 마침내 그들은 특별한 약을 만들어 냈어. 나도 그게 뭔지는 모르지만 그 약이 바로 손수건 안에 들어 있었단다. 그건 개들을 꼬여 내지. 하지만 일단 개들이 그 냄새를 맡으면 후각이 마비돼. 한번 상상해 보렴!"

안네마리는 숲속에서 개들이 돌진해서 손수건 냄새를 맡고는 이내 돌아서 버렸던 것을 떠올렸다.

"이제 페테르 덕분에 선장들마다 그런 손수건을 하나씩 갖게 될 거야. 군인들이 배에 오르면 우린 그저 주머니에서 손수건을 꺼내기만 하면 돼. 군인들은 우리가 모두 감기에 걸렸

다고 생각하겠지. 개들은 우리가 들고 있는 손수건 냄새를 맡
은 다음엔 배에서 이리저리 다녀 봤자 아무것도 찾아내지 못
할 거야. 아무 냄새도 못 맡게 될 테니까."

"군인들이 오늘 아침에 삼촌 배로 개들을 데려왔어요?"

"그래. 네가 간 뒤 얼마 안 돼서. 부두에서 배를 끌어내 띄
우려던 참인데 군인들이 나타나서 멈추라고 명령하더구나.
배에 올라 뒤졌지만 아무것도 못 찾았지. 물론 그때 난 손수
건을 갖고 있었으니까. 만약 손수건이 없었더라면…."

삼촌의 목소리가 떨려 나오면서 말끝을 맺지 못했다.

만약 안네마리가 로센 씨가 떨어뜨린 손수건을 발견하지
못했더라면. 만약 안네마리가 온 힘을 다해 숲길을 뛰어가지
않았더라면. 만약 군인들이 그 바구니를 빼앗아 갔다면. 만약
제시간에 맞춰 배에 도착하지 못했더라면. 이 모든 '만약'의
경우들이 안네마리의 머릿속에서 빙빙 돌았다.

"이제 그 사람들은 스웨덴에 안전하게 도착했어요? 확실
해요?"

안네마리가 물었다. 헨리크 삼촌은 일어나서 소의 머리를
쓰다듬어 주었다.

"난 그들이 배에서 내린 걸 봤어. 거기에 그들을 피난처로
데려다줄 사람들이 기다리고 있었지. 거기라면 웬만큼 안전
할 거야."

"하지만 만약 나치가 스웨덴을 침공하면 어떡해요? 로센
아저씨네는 또 탈출해야 하는 거예요?"

"그런 일은 일어나지 않을 거야. 자기네들 나름대로 이유가 있어서 나치는 스웨덴을 자유 국가로 남겨 놓고 있는 거란다. 복잡한 상황이야."

안네마리의 생각이 잉에보르호의 갑판 아래 숨어 있던 친구에게로 미쳤다.

"몇 시간이나 거기 숨어 있어야 했다니 정말 끔찍했을 거예요. 숨어 있던 곳은 깜깜했나요?"

안네마리는 중얼거렸다.

"깜깜하고 춥고, 아주 비좁은 곳이지. 게다가 로센 부인은 뱃멀미까지 했어. 그렇게 오랫동안 배를 탄 것도 아니었는데. 알다시피 스웨덴까지는 가깝잖니? 하지만 그 사람들은 용감했단다. 그리고 육지에 발을 내디뎠을 때에는 그런 것들은 아무 문제도 아니었지. 스웨덴의 공기는 시원하고 맑았으니까. 바람도 불고 있었지. 작별 인사를 할 때쯤 갓난아기도 잠에서 깨어났단다."

"엘렌을 다시 만날 수 있을까요?"

안네마리가 슬픔에 젖어 말했다.

"만날 수 있을 거다. 결국 넌 그 애의 목숨을 구한 거잖니? 언젠가 너는 엘렌을 다시 만날 수 있을 거야. 언젠가 전쟁이 끝나면."

헨리크 삼촌이 말했다.

"모든 전쟁은 언젠가는 끝난다…. 가끔 우유 짜는 거 가르쳐 줄까?"

삼촌이 기지개를 켜며 말했다.

"헨리크 삼촌!"

안네마리가 비명을 지르고는 이내 깔깔대기 시작했다.

"저걸 봐요! 천둥의 신이 우유통 안에 떨어졌어요!"

이 기나긴 시간

전쟁은 언젠가는 끝난다. 헨리크 삼촌은 그렇게 말했다. 그 말은 정말이었다. 전쟁은 거의 2년이나 지나서 끝났다. 안네마리는 열두 살이 되었다.

5월 초의 어느 날 저녁, 코펜하겐에 있는 모든 교회에서 종소리가 울려 퍼졌다. 모든 곳에서 덴마크 국기가 올라갔다. 사람들은 거리에 서서 덴마크 국가를 부르며 눈물을 흘렸다.

안네마리는 엄마, 아빠, 동생과 함께 아파트의 발코니에 서서 그 광경을 내려다보았다. 윗길, 아랫길, 길 건너편 할 것 없이 거의 모든 창문마다 깃발과 휘장이 펄럭이고 있었다. 안네마리는 많은 아파트들이 비어 있다는 사실을 알고 있었다. 거의 2년 동안 이웃들은 탈출한 유대인들을 위해 화분도 돌봐 주고 가구의 먼지도 털어 주고 촛대도 닦아 주었다. 엄마도 엘렌의 가족을 위해 그렇게 해 주었다.

"친구란 그렇게 하는 거야."

엄마가 말했다.

이제 이웃들은 텅 빈 채 주인을 기다리던 아파트로 하나둘씩 돌아와 창문을 열고 자유의 상징을 매달았다.

그날 저녁 요한센 부인의 얼굴은 눈물로 젖었다. 키르스티는 파란 눈을 반짝이며 조그만 깃발을 흔들면서 노래를 불렀다. 키르스티도 어느새 자라고 있었다. 그 애는 이제 경망스럽게 조잘대는 어린애가 아니었다. 말랐지만 키도 훨씬 커지고 좀 더 차분해졌다. 마치 낡은 사진첩에 들어 있는 일곱 살 때의 리세처럼 보였다.

페테르는 죽었다. 덴마크에 그렇게 기쁨의 물결이 넘쳐흐르던 날에 돌이켜 생각하기에는 너무나 가슴 아픈 일이었다. 하지만 안네마리는 오빠나 다름없던 빨간 머리의 페테르를 떠올리지 않을 수가 없다. 그가 붙잡혀 코펜하겐의 뤼방엔 광장에서 독일군들에게 처형당한다는 소식을 듣던 그날 얼마나 절망했던가.

총살형을 당하기 전날, 페테르는 감방에서 안네마리의 가족에게 편지를 썼다. 편지는 간단했다. 사랑한다, 두렵지 않다, 조국을 위해, 또 모든 자유인을 위해 그동안 했던 일이 자랑스럽다고 쓰여 있었다. 자기를 리세 옆에 묻어 달라고 했다.

하지만 페테르를 위해서 그것조차 할 수 없었다. 나치는 뤼방엔에서 처형당한 젊은이들의 시체를 돌려주지 않았다. 총살당한 바로 그 장소에 젊은이들을 묻고 번호로만 무덤 위치를 표시해 놓았다.

　나중에 안네마리는 부모님과 함께 그곳에 다녀왔다. 그들은 번호로만 표시해 놓은 그 황량한 땅에 꽃다발을 바쳤다. 그날 밤 안네마리의 부모는 전쟁 초에 리세가 무슨 일로 죽었는지 그 진실을 들려주었다.

　"리세 역시 레지스탕스에 속해 있었단다. 온갖 방법을 동원해서 우리 조국을 위해서 싸웠던 바로 그 단체의 한 사람이었지."

　아빠가 설명했다.

　"우리도 몰랐어. 리세는 우리에게 아무 말도 하지 않았단다. 리세가 죽은 뒤 페테르가 말해 주었지."

　엄마가 덧붙였다.

　"흑, 아빠!"

　안네마리가 울부짖었다.

　"엄마! 군인들이 리세 언니를 총으로 쏘지는 않았지요, 그렇죠? 광장에서 사람들이 지켜보는 가운데 페테르 오빠처럼 총에 맞지는 않았지요?"

　안네마리는 알고 싶었다. 모든 것을 알고 싶었다. 하지만 사실을 알고 난 다음 참아 낼 수 있을지 확신할 수 없었다.

　아빠는 고개를 가로저었다.

　"리세는 어떤 계획을 짜느라고 어느 지하실에서 열린 비밀 회합에 페테르와 다른 사람들과 함께 참석하고 있었어. 어떻게 알았는지 나치가 그날 밤 들이닥쳤단다. 거기 모인 사람들은 도망치려고 사방팔방으로 흩어졌지."

"몇몇은 총에 맞았어."

엄마가 슬픈 목소리로 말했다.

"페테르는 팔에 맞았어. 리세의 장례식 때 페테르의 팔에 깁스했던 거 생각나니? 아무도 눈치 못 채게 코트를 입고 있었지만. 그리고 빨간 머리를 감추려고 모자도 쓰고 있었지. 그때 나치가 페테르를 찾고 있었거든."

안네마리는 기억하지 못했다. 그리고 그걸 눈여겨본 적도 없었다. 장례식 날은 슬픔 그 자체였으니까.

"하지만 리세 언니는요? 총에 맞지 않았는데 왜? 그다음에 무슨 일이 일어났는데요?"

"나치는 군용차 안에서 리세가 달아나는 걸 보았지. 곧바로 뒤따라가서 차로 받아 버렸단다."

"그럼 엄마가 전에 말한 대로 언니가 차에 치인 건 사실이 었네요."

"모두 젊은 애들이었는데…."

엄마가 머리를 흔들었다. 그러고는 눈을 깜박거리다 눈을 꼭 감고 깊은 숨을 오랫동안 들이쉬었다.

"아주아주 젊었는데… 희망에 차 있었고."

리세를 기억하며 안네마리는 발코니에서 거리를 내려다보았다. 음악과 노랫소리와 교회 종소리가 울려 퍼지는 가운데 춤추는 사람들이 보였다. 그리고 또 다른 일도 생각났다. 약혼을 발표하던 그날, 노란 드레스를 입고 페테르와 춤추던 리세.

안네마리는 몸을 돌려 침실로 들어갔다. 그날 이후 지금까지 구석에는 여전히 파란 가방이 놓여 있었다. 가방을 열어 보니 노란색 드레스는 색깔이 바래 가고 있었다.

안네마리는 조심스럽게 드레스 자락을 펼쳐 주머니 속 깊은 곳에 숨겨 놓았던 엘렌의 목걸이를 찾아냈다. 다윗의 작은 별은 여전히 금빛으로 반짝이고 있었다.

"아빠!"

안네마리는 다른 사람들과 함께 발코니에 서서 거리의 군중을 내려다보고 있는 아빠에게로 돌아갔다. 그리고 손을 펴서 목걸이를 아빠에게 보여 주었다.

"이거 고쳐 주실 수 있어요? 제가 이걸 계속 갖고 있었어요. 이건 엘렌 거예요."

아빠는 목걸이를 받아 부러진 고리를 눈여겨보았다.

"그래. 고칠 수 있겠다. 엘렌의 가족이 다시 집으로 돌아오면 네가 이것을 엘렌에게 돌려줄 수 있겠구나."

안네마리가 말했다.

"그때까지, 제가 이 목걸이를 하고 있을게요."

맺음말

안네마리의 이야기는 어느 만큼이 사실일까? 나는 그런 질문을 받으리라고 짐작하고 있다. 자, 그럼 어디서 사실이 끝나고 허구가 시작되는지 이야기해 보겠다.

안네마리 요한센은 어린 시절에 독일의 오랜 점령기에 코펜하겐에 살던 내 친구 안넬리세 플라트(이 책을 안넬리세에게 바친다)가 내게 들려준 이야기에서 비롯된 것이긴 하지만 이 이야기는 순전히 내 상상력의 산물이다.

나는 안넬리세의 이야기에 늘 감동하며 빠져들었다. 이 시기 동안 그녀의 가족과 이웃이 겪은 고통과 희생이라는 개인적인 상실뿐만 아니라, 그녀가 들려준, 그들이 너무나 사랑했던 왕 크리스티안 10세의 지도력 아래 덴마크 국민들이 보여준 용기와 단결에 대한 숭고한 이야기 때문에.

그래서 나는 안네마리라는 소녀와 그 가족을 만들어 냈고,

나 역시 직접 걸어 본 적 있는 코펜하겐 거리의 아파트에 그들이 살고 있다고 설정해서 1943년에 실제 일어났던 사건을 배경으로 그들의 삶을 그려 넣었다.

1940년 덴마크는 독일에 항복했다. 그건 사실이다. 그리고 아빠가 안네마리에게 설명해 준 항복 이유, 덴마크라는 나라가 너무 작고 방어 능력도 없었고 마땅한 군대도 없었다는 이유 또한 사실이다. 덴마크 사람들이 그 강대한 독일군에 맞서 싸우려 했다면 모두 죽음을 당했을 것이다. 그래서, 정말 슬펐겠지만, 크리스티안 왕은 항복했고, 곧 독일군이 진격해 왔다. 그때부터 5년 동안 덴마크는 나치 치하에 있었다. 거의 모든 거리 모퉁이에서 볼 수 있었던 무장 군인들은 신문과 철도와 정부와 학교와 병원과 덴마크 사람들의 일상을 통제했다.

하지만 그들은 크리스티안 왕을 통제하지는 못했다. 그가 매일 아침마다 경호원도 없이 궁전에서 말을 타고 혼자 나와 사람들에게 인사를 하며 다녔다는 것은 사실이다. 글쓴이의 상상에 날개를 달 정도로 매력적인 것이긴 하지만, 아빠가 안네마리에게 해 준 이야기, 덴마크 소년에게 "저 사람이 누구냐?"고 물었다는 군인의 이야기는 지금까지 실제 기록에 남아 있다.

1943년 8월에 독일군이 덴마크 함대를 접수하러 왔을 때 덴마크 사람들이 코펜하겐에 있는 전 해군의 배를 다 가라앉혀 버린 것 또한 사실이다. 내 친구 안넬리세는 그걸 기억한다. 그리고 불붙은 함대가 맹렬하게 불꽃을 터뜨리며 폭발했을 때, 그 당시 어린아이였던 많은 이들이 자다가 깨어났을 것이다. 마치 어린 키르스티가 그랬듯이 말이다.

1943년 유대인 최고의 명절인 새해에 예배를 드리러 코펜하겐의 시나고그에 모였던 사람들은 소설 속의 로센 가족처럼, 독일군들이 그들을 잡아 '재배치'할 것이라는 랍비의 경고를 들었다.

독일군 고위 장교가 덴마크 정부에 그 이야기를 해 주었고, 덴마크 정부는 그 정보를 유대인 공동체의 지도자들에게 흘렸기 때문에 랍비는 그것을 알 수 있었던 것이다. 그 독일군의 이름은 G. F. 두크비츠G. F. Duckwitz. 오랜 세월이 흐른 지금에도, 연민과 용기를 아울러 가진 그의 무덤 앞에 꽃다발이 바쳐지고 있기를 바란다.

그리고 그 경고를 믿지 않았던 사람들을 뺀 나머지 유대인들은 최초의 공격을 피해 달아났다. 그들은 덴마크 사람들의 품속으로 도망쳤다. 덴마크 사람들은 유대인들을 받아들이고, 먹을 것과 옷을 나눠 주고 숨겨 주고 스웨덴까지 안전하게 도망할 수 있도록 도와주었다.

유대인들의 새해가 시작되는 때부터 몇 주 동안 덴마크에 살고 있는 거의 모든 유대인들(거의 7,000명이나)이 배에 숨어 바다를 건너 스웨덴으로 스며들었다.

안네마리가 삼촌에게 갖다주었던 조그만 손수건은? 소설 속의 어린 여자아이를 영웅으로 만들려고 글쓴이가 만들어 낸 것이었을까?

아니다, 그 손수건 또한 역사의 한 부분이다. 나치가 배에 숨은 사람들을 찾아내려고 냄새 잘 맡는 경찰견을 이용하기 시작하자, 스웨덴 과학자들은 그걸 막으려고 서둘러 연구를 했다. 그들은 말린 토끼 피와 코카인을 합성한 강력한 가루를 만들어 냈다. 그 피는 개들을 유인한다. 일단 개들이 그 냄새를 맡으면 코카인이 개들의 후각을 잠시 마비시킨다. 그 손수건이 보급되어 거의 모든 선장들이 그것을 사용했고, 많은 사람들이 그 덕분에 생명을 건졌다.

유대인들을 구한 비밀 작전은 다른 모든 레지스탕스 운동과 마찬가지로 주로 아주 젊고 용감한 이들로 이루어진 덴마크 레지스탕스가 조직했다. 가공의 인물이긴 하지만 페테르 네일센은 적의 손에 처형당한, 용기 있고 이상을 가진 그 젊은이들, 대부분 세상을 떠나고 말았던 그 젊은이들을 대표한다.

덴마크의 레지스탕스 지도자들에 관한 자료를 읽으면서 나는 겨우 스물한 살의 나이에 나치에게 잡혀 처형된 킴 말테브룬Kim Malthe-Brunn이라는 젊은이에 대해 알게 되었다. 나는 많은 이들의 이런저런 사보타주, 전략, 체포, 도망, 그런 이야기들을 때론 여기저기 건너뛰며 읽었다. 그런 것을 하도 많이 읽으니까 나중에는 용기조차도 당연하게 느껴졌다.

그때였다, 전혀 준비되지 않은 상태에서 책장을 넘기다가 목이 긴 스웨터를 입은 말테브룬의 사진과 맞닥뜨리게 된 것은. 그의 숱 많고 밝은색 머리카락이 바람에 날리고 있었다.

그는 확고한 눈으로 나를 바라보고 있었다.

거기서 그렇게 젊은 그를 만나면서 나는 가슴이 무너져 내렸다. 하지만 그의 소년 같은 눈동자에 담겨 있는 조용한 결심을 바라보면서 나 역시 그에 관해 쓰자, 그의 꿈을 나누어 가진 모든 덴마크 사람들에 관해 쓰자고 결심하게 되었다.

그래서 나는 그 젊은이가 처형당하기 바로 전날 자기 어머니에게 쓴 편지 몇 줄을 인용하면서 이 글을 끝내고자 한다.

… 이제 저는 여러분 모두가 이걸 기억하길 바랍니다. 여러분은 절대로 전쟁 전으로 자신을 되돌려 놓으려고 꿈꾸어서는 안 됩니다. 젊은이와 노인 우리 모두의 꿈은 결코 편협하고 편견에 찬 그 무엇이 아니라 인간의 존엄이라는 이상을 만들어 가는 것이어야 합니다.

그것이 우리 조국이 갈망하는 위대한 선물이고, 모든 작고 가난한 소작농의 아이들이 바라는 무엇이고, 그가 기쁜 마음으로 어떤 것의 일부가 되어 일하고 싸울 수 있게 하는 그 무엇입니다.

분명 이 선물, 인간의 존엄성을 지켜 주는 세상이라는 선물은 지금도 모든 나라에서 여전히 갈망하고 있는 것이다. 나는 덴마크와 덴마크 사람들의 이 이야기가 그런 세상이 가능하다는 것을 우리에게 다시 되새겨 주기를 바란다.

양철북 청소년문학 8

별을 헤아리며

1판 1쇄   2003년 3월 14일
2판 1쇄   2008년 6월 10일
3판 1쇄   2024년 4월 3일

글쓴이   로이스 로리
옮긴이   서남희
펴낸이   조재은
편집   이혜숙
디자인   서옥
관리   조미래

펴낸곳   (주)양철북출판사
등록   2001년 11월 21일 제25100-2002-380호
주소   서울시 영등포구 양산로91 리드윈센터 1303호
전화   02-335-6407
팩스   0505-335-6408
전자우편   tindrum@tindrum.co.kr
ISBN   978-89-6372-429-4 (03840)
값   13,000원